René Depestre

Der Schlaraffenbaum

Roman aus der Karibik
Aus dem Französischen übersetzt von
Eva Schewe
Mit einem Vorwort von
Al Imfeld

rotpunktverlag

Die Originalausgabe «Le mât de cocagne» erschien 1979 bei Editions Gallimard, Paris
Glossar am Schluss des Buches

1. Auflage, Februar 1987 – Copyright der deutschsprachigen Ausgabe bei rotpunktverlag, Zürich, der deutschen Übersetzung bei Verlag Volk und Welt, Berlin DDR 1982, der französischen Originalausgabe bei Gallimard, Paris 1979 – Wiedergabe (auch auszugsweise) durch irgendwelche Medien bedarf vorher der Genehmigung durch den Verlag – Satz: Studio 12, Basel; Druck: Bundschuh, Freiburg i. Br.; das Glossar stellte Andreas Simmen zusammen; Umschlag, Gestaltung, Layout: Heinz Scheidegger; Umschlagfoto: Marianne Gujer (von einem kubanischen Gemälde)
Verlagsadresse: rpv, Postfach 397, 8026 Zürich/Schweiz, Telefon 241 84 34; Auslieferungen: CH: AVA (buch 2000), Postfach 89, 8912 Affoltern a.A.; BRD: Prolit, Postfach 111008, 6300 Giessen 11; Berlin: Rotation, Mehringdamm 51, 1000 Berlin 61; A: Karl Winter, Landesgerichtsstr. 20, 1010 Wien
ISBN 3-85869-041-4
Printed in Germany
Bitte verlangen Sie unseren Gesamtprospekt

Für Nelly, Paul-Alain und Stéfan

«L'ambizione del mio compito non m'impedi di fare molti sbagli.»

Der Schlaraffenbaum *ist weder eine Geschichtschronik noch ein Schlüsselroman oder ein Werk autobiographischen Ursprungs. Das* Große Zacharianische Reich, *von dem hier die Rede ist, besteht ganz offensichtlich nur in der Einbildung und ähnelt in wahnwitzigster Weise dem Schlaraffenland. Vorkommnisse und Personen des Buches sind folglich frei erfunden. Übereinstimmungen mit Menschen, Tieren, Bäumen, lebenden oder vergangenen, direkte oder entfernte Ähnlichkeiten mit Namen, Situationen, Orten, Systemen, mit eisernen Zahnrädern, Feuerrädern oder jeglichem anderem Ärgernis des wirklichen Lebens können einzig und allein das Resultat eines »nicht nur unvorhergesehenen, sondern schlechthin schändlichen Zufalls« sein. Der Autor lehnt die Verantwortung hierfür entschieden ab, im Namen dessen, was vor Unerbittlichkeit und Zartsinn berstende Geister die »unantastbaren Rechte der Phantasie« genannt haben.*

Vorwort von Al Imfeld

Das waldheimliche Herauslügen und die neue Kletter-Kultur

Leben besteht aus Alltagen und Sonntagen. Leben ist Politik und Poesie, Pose und Posse, Last und Lust, Verzweiflung und Befreiung. Alles geht beim Leben ineinanderüber. Und daher darf keiner behaupten, Leben sei nur das oder jenes. Das ist es aber genau, was eine Diktatur *tut, wenn sie den philosophischen Befehl gibt, nur noch dem Einzigen zu huldigen und zu glauben, nur noch zu gehorchen und nicht mehr zu denken und zu fragen. Jede Diktatur ist wissenschaftlich ausgedrückt Monokultur, Monomanie, monokausal, mono-mono. Jede Diktatur ist im Innersten daher sowohl Natur als auch den Menschen widerstrebend und widersprechend. Sie ist niemals natürlich und kann sich nur halten mittels Einschüchterung, Lähmung der Initiative, Nähren von Passivität; mit Mord und Totschlag, mit Blutopfern, mit schrecklichen Opferfeiern und Magie.*

In Westafrika und Westindien wird diese von Tyrannen systematisch missbrauchte Kraft Voudou *oder* Voodoo *genannt. Wie das Leben so hat Voodoo viele Seiten und kann sowohl positiv wie negativ eingesetzt werden. Diktatoren setzen Voodoo natürlich in den Dienst des Hasses; seine Kräfte gären im Dunkeln und sind rational nicht kontrollierbar. Jeder Usurpator kann es versuchen und behaupten, er verfüge über die Kraft des Voodoo und schon zittern die Gläubigen. Mit Voodoo wurde in der Politik bereits grauenhafter Missbrauch getrieben. Wir kennen namentlich Vater und Sohn* Duvalier *auf Haiti,* Nacias Nguema *in Äquatorial-Guinea,* Sekou Touré *in Guinea; in den späteren Jahren* Sese Mobutu *in Zaire und* Jean Bedel Bokassa, *einst Kaiser der Zentralafrikanischen Republik.*

So wie die wissenschaftlich aufgeklärten, dem technokratischen Fortschritt folgenden Mächte in Ost und West rational überprüfbar, aber bis zur Ekstase die Elektrifizierung *und die automatischen Schiessanlagen, Mauerbau und Draht-*

zäune in immer neuen Variationen verfolgen, so wenden — wie wir glauben und annehmen — eher zurückstehende animistische und fetischistische Regierungen Afrikas und Lateinamerikas lieber die Zombifizierung an. Diese Methode zielt aufs Innerste der Menschen und radiert menschliches Bewusstsein langsam aus. So geht denn eine Demokratie (Volk) über in Zookratie (Tier). Dennoch tanzen bei dieser Methode im Totentanz Tausende von Geistern aus Über-, Unter-, Mittel- und Zwischenwelten mit. Aber niemand kennt diese mehr, denn die Diktatur stoppt den Fluss der Traditionen und Geschichte, weil sie sich aus sich selbst und allein begründen muss. Lebt der afrikanische und karibisch-lateinamerikanische Mensch immer noch mit seinen Ahnen und auch schon mit seinen Nachkommen zusammen, werden nun vom Diktator diese Geister durcheinander gebracht, böse gemacht, von Hass erfüllt, anarchistisch und unkontrollierbar. Die diktatorische Zombifizierung erfasst mit Hilfe der Religion alle Welten und macht alles makaber und skuril, irrational und daher ohnmächtig.
Dieses Thema der Diktatur und Machtmissbrauch mit Hilfe von Voodoo und Zombifizierung hat in der modernen Literatur Afrikas und der Karibik ihren Platz gefunden. Die heute wohl wortmächtigsten und dichtesten Schriftsteller Westafrikas, die Nigerianer und Nobelpreisträger Wole Soyinka und der kongolesische Dramatiker und Romancier Soni Labou Tansi nehmen Macht und Diktatur auseinader und zeigen, wie diese "Giganten" zu Voodoo Zuflucht nehmen. Auch die zwei bedeutendsten Schriftstellerinnen der französischen Karibik, Simone Schwarz-Bart aus Guadeloupe und Maryse Condé aus Martinique bewegen sich mit märchenhafter Sicherheit in diesen Sphären über Raum und Zeit hinweg. Da auch die Ahnen noch keine Heiligen sind, erliegen einige der Versuchung, Zombies zu werden und die Menschen vom Totenreich her diktatorisch zu beherrschen. Alle erwähnten LiteratInnen sagen ziemlich Ähnliches aus: Dass der Mensch verkommt, wenn er nicht seine Mitwelt zähmt, sie einbindet, kultiviert, besänftigt, befriedigt oder befreit. Das ist die tiefste Kunst des Menschseins: zu kultivieren und besänftigen, Kräfte freizulassen, aber nicht allein zu lassen; einzubinden, ohne zu unterwerfen; vernetzen, ohne alle Unabhängigkeit aufzugeben. Fast so etwas wie eine ökologische Politik? Keiner ist allein (mono); aber auch kein Mensch ist ganz frei oder unabhängig.

Wie immer es auch sei, wir erhalten hier über den Weg der Literatur eine sehr komplexe, verflochtene und mehrdimensionale Macht-Kunde. *Hier wird mehr offengelegt, als es jene politologischen Kürzel und ideologischen Kopfschüsse vermögen. Tropisch verwuchert, aber anschaulich und konkret wird gezeigt, was diese Abhängigkeit oder Peripherie-Zentrum-Beziehung und so weiter und so fort konkret und lokal sind; es sind Bilder, die machtvoll und aufklärend wirken. Das ist keine Personifizierung eines Henri Postel (Protagonist des hier vorliegenden Romans), sondern die Konkretisierung durch sein Beispiel.*

Auf dem Jahrmarkt der Torheiten wird vor dem Baum (Lebensweisheit) offengelegt: mit einem spectaculum mundi *aus Kreuzwegen und Totentänzen, mit Marktschreiern und Predigern, mit Schaulustigen und Beschwörern... Böse und gute Macht wird an den Tag gebracht. Jedes Detail bekommt mehrere Bedeutungen. Es gibt keine Eindeutigkeiten. Alles verweist auf anderes. Jeder und jedes hängt beim Nächsten ein. Die westliche Welt hat alle Dinge verkürzt und sie auf einen Punkt gebracht oder zu einem* bit *der Information gemacht, bis alles bloss noch nebeneinander steht und nicht mehr ineinander greift, isoliert und vereinsamt; keine Mitwelt, kein Kosmos. Wer dieser Perspektive beraubt wird, ist eigentlich zombifiziert und politisch ausgeschaltet, weil er sich unverknüpft bloss noch als einzelner Punkt hoffnungslos vor Macht-Netzen sieht. Da hilft selbst Klettern nichts mehr. Da wird dahingelebt, derweil Diktatur kontrolliert und erreicht, was sie erreichen will: Die Vernichtung der Menschen; die Mechanisierung der Welt.*

Der nicht zombifizierte-elektrifizierte Mensch sieht hinter dem Kletterbaum auch den Lebensbaum, das Kreuz, den Phallus, die Scheide, die Herausforderung, entweder den Sarg des Endes oder das Grab der Auferstehung. Diese Welten leben mit Bildern und Symbolen, mit Zeichen, die mehr als zusammenaddierte Information, die Nachricht sind, nach der der Mensch sich wieder richten kann.

René Depestres *Roman "Der Schlaraffenbaum" ist daher* vieles in einem: *ein Bijou und kleines Kunstwerk, eine Welt-Deutung, Machtenthüllung, Symbolkunde, Gang durch eine Galerie und einen Jahrmarkt — alles in einem. Anschluss der durch Zombifizierung Erkalteter und Vereinzelter ans Lebensnetz. Einmal angeschlossen spielt es keine Rolle*

mehr, ob es nur ein einzelner ist. In der Vernetzung ist auch der einzelne, Kleine, Arme oder Habenichts nicht nichts oder ohnmächtig.
So wird aus Henri Postel so etwas wie einst ein einzelner übertypisierter Heiliger in der communio sanctorum: die Veranschaulichung einer Lebensweise und der Aufruf zur Tat; eine Nachahmung, die nicht als Kopie verstanden werden darf. Eine imitatio oder Anweisung zum Klettern auch für andere.
Aus Depestres Roman wird daher eine Parabel. Da muss nicht mehr gefragt werden, ob so ein Buch einem Volk mit fast 90 Prozent Analphabeten etwas "nützt". Und warum ein Autor, der im Exil in Kuba lebt, noch etwas zu sagen habe... Das sind keine blossen Tropfen auf heisse Steine. Das ist Salz in der Suppe. Glaube zündet über alle Grenzen hinweg andere an. Diese Menschen setzen Kletterbäume und wissen, dass bei jedem dieses letztlich lächerliche Mono-System zittert. Lesen Sie doch, wie hier dieses "Zacharianische Reich" wegen Postel zum Zittern und Wanken kommt.
Die Dichter wissen es, und sie erfahren es auch immer wieder: eine glaubwürdig gestaltete Freiheitsgeschichte strahlt aus, ist radioaktiv wirksam, steckt andere an, verbreitet sich mündlich in alle Sphären hinein, wiederhallt, erwirkt ein Hoch, verändert das Klima; die Sonne erscheint, Regen folgt, die Dürren schwinden und das Kalte und Verdorrte fallen vom Galgen-Baum ab. Wäre die Macht der Dichter nicht derart, warum würde jede Regierung mit diktatorischen Allüren (und das ist überall!) die Waffe der Zensur, die Gesetzgebung des Schweigens und am Schluss gar die Einkerkerung des Schriftstellers einsetzen? Wir haben es in diesem Jahrhundert in allen Teilen der Welt und mehrere Male erlebt, dass selbst Kletterer im Exil die verdorrten Bäume wanken lassen.
1979 wurde "Der Schlaraffenbaum" im Exil und sogar in der Zentrale Paris veröffentlicht; und dennoch behaupte ich, hat er mitgewirkt, dass die Zeit des "Präsidenten auf Lebenszeit" Jean-Claude Duvalier verkürzt worden ist...
Das Buch zeigt jedoch auch ganz realistisch, dass es immer neue Anstrengungen braucht und sich die Kräfte "in den Bergen" sammeln müssen. Einer kann das Beben erwirken, aber ein Beben allein zerstört die Macht nicht. Es kann sie vorerst verwirren. Und dann?
Einige meinten, Depestres Roman sei pessimistisch. Sie hät-

ten gerne ein besseres Ende gelessen. Aber wäre das "Happy End" nicht die Aufhebung der Beschwörung gewesen? So wie der Schuster Horace Vermont dem Ex-Senator und Ladeninhaber Henri Postel klar sagt, dass er durch die Flucht ins Ausland nichts erreicht — vor allem wenn es eine Flucht in den kanadisch-amerikanischen Wohlstand und ins Geld ist — und dass sein Platz hier im Lande sei und dass dabei das winzigste Ereignis, das etwas gegen die Zombifizierung unternimmt, von grösster Bedeutung für die Menschen sein könne... Ja, so spürt man, will René Depestre beschwören und Mut machen: "Bleibt! Fahrt fort! Kämpft! Und selbst wenn der Held vom Ziel oben gemein herunter geschossen wird, klettert, klettert, klettert weiter und entwickelt endlich so etwas wie eine Kletter- oder Klettenkultur!"

Etwas erschreckt wohl aufmerksam Lesende sowohl bei Depestre wie noch mehr bei Wole Soyinka: die Mithilfe der Wissenschaft *und ihrer Vertreter im Zombifizierungsprozess. Wie diese alle so leicht in den Jargon einstimmen: der Priester und Theologie, die Juristen und Rechtsstaatler, der Journalist und Propagandist; der Arzt und Psychiater... In Uganda wie in Südafrika; bei Hitler wie bei Franco; überall! Im Theaterstück "A Play of Giants" legt Wole Soyinka gnaden- und rücksichtslos offen, wie rasch sich Geistes- und Sozialwissenschafter dem jeweiligen Tagesidiom der Macht und Diktatur — von rechts und links — anpassen und wie die Naturwissenschafter jederzeit objektiv zur Anwendung ihrer Wissenschaft auf dem Bereich der "Elektrifizierung" bereit sind: neue Folterkäfige und Wahrheitsdrogen, Bomben und Gifte, etc., etc. Und stets redet sich der Einzelne mit der Entschuldigung heraus: "Ich habe nichts davon gewusst. Ich war nur an einem sehr interessanten Teil eines Teils des Teils beteiligt..." Das waldheimliche Herauslügen.*

Hier wird durch die Literatur humor- und genussvoll offengelegt. Dichter und Schriftsteller wie René Depestre oder Wole Soyinka vermögen es, uns lächelnd und nicht verbissen ganz wichtige Dinge zu sagen. So etwa wie hier im Roman die kleine Stelle mit der revolutionären Linken, die natürlich nicht an Henri Postels Methode des magischen Kletterns glauben kann. Ob links oder rechts — die Technokratie der Elektrifizierung hat alle angeglichen: nur noch an den Schuss (=Tod) glauben sie. Hier setzt einer dieser traurigen Welt der Diktatur den Clown und Schalk, den Witz und Humor, Symbole und Ge-Dichte entgegen.

Aber wenn die Zombifizierung die innere Auslöschung schon bis zum letzten Glut-Pünktchen betrieben hat und alles erkaltet, erstarrt, verdorrt und stirbt, auch dann kann, eben so wie in der grossen Weltliteratur der Heiligen Schrift, immer noch ein einzelner Guter oder Gerechter Sodom-und-Gomorrha oder auch Ninive retten. Hier berühren sich die Motive der alten Traditionen mit der Überzeugung von Depestre.

Dieser Roman erhält heute nach einer vorerst hoffnungsvollen Sache (=res publica) in Haiti eine besondere aktuelle Bedeutung. Er deutet nämlich mehr als jeder Zeitungsartikel es vermag, warum eine Vertreibung des Diktaturs *noch keine* Befreiung *sein kann. Dies geht weit über Haiti — in alle Welt hinaus. Wenn die Zombifizierung schon so alle Köpfe und Herzen, selbst die Dörfer und Hügel kaputt gemacht hat, wird letztlich ein Zombie einen anderen ersetzen. Hier hilft keine Revolution mehr, sondern nur eine Entseuchung. Es braucht nun den echten (positiven) Voodoo-Kult. Es fällt doch auf und ist wohl für einige Westliche schwer zu goutieren, dass der Marxist Depestre so viel Sinn hat und in seinem Buch so viel Platz für Voodoo-Zeremonien lässt, und wie auch selbstverständlich Henri Postel von diesen Kräften belebt und angefeuert wird. Überhaupt nicht zum (politischen) Nachteil. Der Befreiungspolitiker braucht den Rückzug in den Dreckladen eines Postel, den Kontakt zu den Nachbarn, die Kräfte aus den Bergen, die Frau Sor Cisa mit den Kräutern, dem Essen, den Getränken, den Liebesmassagen... und die Weiterführung in der Verschlingung mit ihrer Cousine Elisa. Warum soll das lächerlich gemacht werden? Nein, das ist die Wärme des Kontexts und Kolorit der Lokalität. Und hier spüren wir wohl bereits einen gewissen Einfluss der* Befreiungstheologie, *die nicht — wie einst — befreien will, indem sie alles verscheucht, verketzert und köpft, sondern es in Nachbarschaft und Geschichte einbezieht, herholt zum Fest, sich an der Vielfalt freut und darin das Wundermittel gegen die Monokultur der Diktatur sieht.*

Zürich, November 1986

ES war einmal ein tatkräftiger Mann, den der Staat gezwungen hatte, einen kleinen Handel zu betreiben, und zwar am nördlichen Eingang einer tropischen Stadt. Dieser Mann hieß Henri Postel. Der Laden, von den Behörden mit der Bezeichnung »Arche Noah« versehen, unterstand dem Staatlichen Amt für die Elektrifizierung der Seelen (SAFES).

Eines Nachmittags im Oktober hatte sich der Große Elektrifizierer der Seelen einen wichtigen Bericht des SAFES-Ministers angehört und dann erklärt: »Deine Ausführungen, mein lieber Clovis, waren höchst bemerkenswert. Aber in einem Punkt kann ich dir nicht zustimmen: was das Schicksal des Ex-Senators Henri Postel anbelangt. Gegen ihn müssen wir mit größerem Geschick vorgehen als gegen die kleinen Fische unter den Verschwörern. Unser Mann ist nämlich noch immer einflußreich. Ihn in dem Blutbad von heute nacht zu ertränken, würde ja bedeuten, ihm die Palme des Märtyrers zum Geschenk zu machen. Noch aus dem Grab wäre er imstande, Komplotte anzuzetteln. Ihm werden wir besser den natürlichsten aller Tode bereiten.«

»Haben wir hierfür nicht unsere Gifte, Exzellenz?« hatte Clovis Barbotog erwidert.

»Weißt du, für Postel ist mir das nicht das Richtige.«

»Und ein ferngesteuerter Selbstmord?«

»Auch nicht.«

»Und der letzte Ausflug im Hubschrauber?«

»Nein, lieber Clo. Keine unserer üblichen Methoden! Ein Gegner seines Formats verdient ein ungewöhnliches Ende. Ich denke an einen Tod, der ihm ganz allmählich den Verstand aufzehrt, noch bevor er den Körper zerstört.«

»Machen wir aus ihm für den Rest seiner Tage einen Zombi!«

»Unglaublich: unsere grauen Zellen arbeiten im Gleichklang. Stell dir vor, seit zwei Tagen erwäge ich etwas in der Art. Die im vorigen Jahrhundert gebräuchlichen Methoden der Zombifizierung lehne ich allerdings entschieden ab.«

»Sind sie zu unsicher?«

»Ja. Außerdem passen sie nicht mehr in unser elektronisches Zeitalter.«

»Sie erinnern zu sehr an Kaiser Faustin I., nicht wahr?«

»Seit unserem Faustin Soulouque hat die Welt auch hierin Fortschritte gemacht. Ich möchte, daß sich Postel frei inmitten der Menschen bewegt, mit seinen Erinnerungen, seinen Gefühlen, seinen Ideen, seinen Neigungen und seinem Haß. Er soll weder die abwesende Miene noch den glasigen Blick unserer traditionellen lebenden Leichname haben. Er muß sich bis zum letzten Augenblick über seinen Zustand im klaren bleiben.«

»Das ist der Gummi, um einen Menschen durch sein Bewußtsein auszuradieren!«

»Ist das nicht genial? Nach meinem System wird der Zombifikationsfaktor in Postels Innern stecken. Der Tod wird aus seinem Unterbewußtsein aufsteigen wie eine Neurose, die ihn jeden Augenblick täuschen wird. Er wird das Mittel, das ihn geradenwegs unter die Erde bringt, für einen Aufschub halten. Die Elektrifizierung der Seelen erreicht eine neue metaphysische Dimension: den Tod, der mehr als allem anderen dem Leben gleicht.«

»Die Zombifizierung durch sich selber!«

»Genau, mein Lieber. Und nun höre, was das Komischste an der ganzen Geschichte ist: den Ausgangspunkt für meine Überlegungen hat mir Postel höchstpersönlich geliefert. Er studierte im ersten Jahr Jura, als ich Famulus an der Medizinischen Fakultät war. Wir kannten uns gut. Schon damals hatte er den Kopf vollgestopft mit subversiven Ideen. Eines Abends gestand er mir, daß für ihn der Gipfel des Unglücks nicht darin bestehen würde, wenn man ihm beide Beine amputierte oder ihn für dreißig Jahre in Fort-Samedi einsperrte. Weißt du, was der Student Postel als das schlimmste aller Übel ansah? Dazu verurteilt zu sein, an die Leute aus den Armenvierteln, die stets kurz vor dem Verhungern sind, kärgliche Lebensmittel oder lächerlichen Krimskrams zu verkaufen. ›Es wäre mir unerträglich‹, sagte mein ehemaliger Studienfreund, ›wenn ich von früh bis spät Maismehl oder Schweineschmalz über den Ladentisch reichen müßte. Einer unserer heutigen Caligulas könnte hierin das sicherste Mittel finden, mich ganz allmählich zugrunde zu richten, ohne auch nur einen einzigen Tropfen meines Blutes zu vergießen.‹ Mein lieber

Clo, mach mir also die elendeste Bude von Portail-Léogâne oder Tête-Bœuf ausfindig und setz da unseren Henri als Inhaber ein. Und achte darauf, mit deiner sprichwörtlichen Feinfühligkeit natürlich, daß er dort nie etwas Lebendiges oder Warmes um sich hat: keine Frauen, keine Kinder, keine Verwandten, keine Freunde, keine Anhänger, auch nicht das kleinste Haustier!«

Ein paar Stunden später wurde der gefaßte Entschluß aufs vollendetste in die Tat umgesetzt. Der Chef des SAFES fuhr mit drei Lastwagen voller Soldaten vor Henri Postels Haus vor. In dieser Nacht schrumpften die Bewohner von Turgeau vor Entsetzen in ihren Betten zusammen, als sie das Geschrei von Frauen, Kindern, Papageien, Hunden und Katzen vernahmen, dazwischen das ausgiebige Hämmern von Maschinenpistolen. Am nächsten Morgen erfuhr Port-au-Roi, daß die Familie Postel sowie einige tausend Postel-Anhänger »unschädlich gemacht worden seien«. Zugleich wurde bekanntgegeben, daß der Anführer der Verschwörung den Großen Elektrifizierer der Seelen *in extremis* darum gebeten habe, ihm gütigst zu erlauben, in Frieden ein Geschäft mit der Bezeichnung »Arche Noah« zu betreiben. Die Mitteilung des SAFES endete: »Seine Exzellenz, der Präsident auf Lebenszeit, der Ehrenwerte Zookrat Zacharias, hat dem Ersuchen seines letzten lebenden Gegners unverzüglich stattgegeben, um damit dem Großen Zacharianischen Reich einmal mehr den Beweis für seinen Edelmut Besiegten gegenüber zu liefern.«

Mehr als fünf Jahre stand Henri Postel nun schon vom frühen Morgen an hinter seinem Ladentisch, der schmierig war von Schweineschmalz und mit toten Fliegen übersät. Er verkaufte Nägel, Zucker, Asa fœtida, gesalzene Butter, Gewürze, Zigaretten, Bücklinge, Bindfaden, schäbige Kleidungsstücke, Petroleum, Rizinusöl, Kerzen und ein Dutzend anderer Gegenstände des täglichen Bedarfs.

Der Mann war mit einer athletischen Statur nach Tête-Bœuf gekommen. Jetzt hatte er am Hals, an den Schultern, am Bauch und an den Hüften Fett angesetzt.

Nacken, Kinnpartie und Hände waren von Falten gefurcht. Alles an ihm wirkte willenlos, nur die Arme nicht, die noch immer Kraft bewahrten, und auch die Augen schienen manchmal viel weniger gealtert zu sein als seine Gesichtszüge.

In Tête-Bœuf blieb niemandem verborgen, wie der Ex-Senator im elektro-kommerziellen Bereich des SAFES allmählich verkam. Diejenigen, die Postel mochten und versucht hatten, ihm zu helfen, unterließen es schließlich, ihre kleinen Einkäufe in der »Arche Noah« zu tätigen, denn jedesmal hatten sie Tränen in den Augen, wenn sie den Laden wieder verließen. Es kam der Augenblick, wo Barbotog Beamte seines Ministeriums als Kunden verkleiden lassen mußte, um den meistens leerstehenden Laden wieder etwas in Schwung zu bringen. Seitdem stimmten Bewunderer wie Feinde Postels darin überein, daß sein Ende begonnen hatte.

Henris nächster Nachbar war ein Schuster namens Horace Vermont. In letzter Zeit unterhielten sich die beiden Männer manchmal spätabends. Auch Vermont hatte in dem Viertel seine Legende: er sei sehr gebildet, hieß es, und bevor er damit angefangen habe, Schuhe auszubessern, die man besser wegwerfen sollte, sei er Direktor eines Gymnasiums in der Provinz gewesen. Oft konnte man ihn mit einem Buch in der Hand antreffen, und alle nannten ihn vertraulich Maître Horace. Wenn jemand in seiner Gegenwart von einem neuen Anzeichen des Verfalls bei Postel sprach, verlor Maître Horace, dessen Freundlichkeit und Gelassenheit ebenso bekannt waren wie seine Liebe zu den Büchern, unvermittelt die Beherrschung. »Diese Hundesöhne«, sagte er, »werden nie auch nur einen Deut von der Widerstandsfähigkeit des menschlichen Herzens begreifen.«

Als er einmal gedrängt wurde zu sagen, worauf sein Vertrauen zu Postel denn eigentlich beruhe, gab er eine Erklärung, die seine Zuhörer noch ratloser machte.

»Seit ich mit ihm plaudere«, sagte er, »habe ich über sein Leben auch nichts weiter erfahren, als was jeder einzelne hier ohnehin schon weiß. Er mag noch so lange zwischen zwei Schnapsflaschen sitzen, er versteht seine Zunge im Zaum zu halten. Was seine Pläne angeht, ist er verschwiegener als ein leeres Grab. Wer von euch wäre das an seiner Stelle nicht auch? Ihr fragt mich nun, woher ich den Glauben an ihn nehme? Wenn ich ihn so aus meinem Schusterwinkel beobachte, denke ich mir, daß dieser Mann trotz seines Bauches, trotz seiner tiefen Falten, seiner entzündeten Augen, seines schläfrigen Gesichtsausdrucks auf dem Grunde seiner Trunkenheit irgend etwas vorbereitet, was ihm niemand in dieser Stadt nehmen kann. Aber was das ist, weiß ich, um die Wahrheit zu sagen, auch nicht. Vielleicht ist es Henri selber nicht bewußt, was sich in seinem Kopf zusammenbraut ...«

Wenige Tage danach, eines Mittwochabends, sah Maître Horace, der sich gerade mit einem Oberleder abmühte, Postel in seine Werkstatt treten.

»Maître Horace«, sagte er.

»Was ist denn, Chef?«

»Hast du einen Augenblick Zeit?«

»Solange du willst. Du hast heute schon früh zugemacht.«

»Ja.«

»Was ist denn los?«

»Das ist los: Ich mache mich aus dem Staube. Hast du meine Kunden gesehen?«

»Die echten sind ja selten geworden ...«

»Sie tun gut daran, meinen Laden zu meiden. Seit fünf Jahren haben sie statt eines Staatsmannes einen Noah vor sich, der in Fett und Schnaps watet. Den Vorhang vor dieses abstoßende Schauspiel, Maître Horace! Ich verschwinde für immer.«

»Sag nicht so was, Chef. Jedem nehme ich das ab, aber dir? Wenn du wieder ins Exil gehst, dann doch nur, um den Kampf wieder aufzunehmen.«

»Dir schulde ich die Wahrheit: ich gehe weg, ohne den Gedanken an Rückkehr.«

»Damals bist du auch zurückgekommen.«

»Du siehst ja, wo mich das hingeführt hat.«

»Dein Kampf im Senat ist nicht umsonst gewesen.«

»Was habe ich denn in den zwei Jahren getan? In den Wind geredet. Während Zacharias elektrifizierte, zombifizierte, nach Herzenslust niedermetzelte. Wer bin ich denn noch?«

»Erst letzten Sonntag sagte ich zu denen, die dich bemitleiden, daß du irgend etwas vorbereitest, was dir niemand in dieser Stadt nehmen kann.«

»Ja, keiner kann mir meinen Weggang von hier nehmen.«

»Ich dachte dabei eher an eine Tat, durch die du in der Achtung deiner Anhänger wieder steigen würdest. Ich habe einem Schneider das Maul gestopft, der laut losschrie: ›Seht euch dieses Land an, kann es auf das Heilmittel *Postel* denn überhaupt noch rechnen?‹«

»Wenn dein Schneider damit meinte, daß von einem einzigen Menschen allein nichts mehr zu erhoffen ist, dann stimmt das: dieses Land steht ganz entschieden und unwiderruflich ohne *Postel* da. Man hat uns eine Kollektivgeschichte zusammengezimmert, die sich Elektrifizierung der Seelen nennt. Es hat mir nichts genützt, ihr Seifenblasen entgegenzuhalten.«

»Ich möchte ja nicht indiskret sein, Chef, aber da ist ein Punkt ...«

»Bitte, sprich nur.«

»So wie du überwacht wirst, wie willst du denn da das Land verlassen?«

»Unsere Feinde sind weder so stark noch so gewitzt. Ich werde vor ihren Augen auf und davon gehen. Ich werde ihnen sogar noch ein kleines Souvenir an Stelle eines Adieus zurücklassen.«

Bei diesen Worten richtete sich Horace lebhaft auf. Sein erloschener, scheuer Blick belebte sich in treuherziger Hoffnung.

»Ich wußte«, sagte er, »daß du dich nicht so mir nichts, dir nichts aus dem Staube machst. Vielleicht könnten dir die Arme eines alten ehrlichen Schusters beistehen ...«

»Hab Dank für deine Hilfe. Aber für das, was ich vorhabe, reichen die meinen. Ein Messer kann ich schon noch handhaben. O nein, nein, keine Bange! Ich will weder Barbotog noch Ange Zacharias niederstechen. Ich werfe meine Netze tiefer aus. Morgen wirst du mehr darüber wissen. Immerhin könntest du mir einen Gefallen tun. Hefte in der Frühe, wenn ich schon über alle Berge sein werde, einen Zettel mit folgender Inschrift an die Tür der ›Arche Noah‹:

WEGEN ENTZOMBIFIZIERUNG
GESCHLOSSEN

Jetzt muß ich aber los«, sagte Postel. »Leb wohl, Bruder.«

Er umarmte den Schuster und verließ die Werkstatt, ohne sich umzuschauen. Er ging leicht gebeugt und schwankte in den Abend, dem es nicht gelang, die Stadt erträglicher zu machen. Der Mann überquerte die Gasse, die die beiden Häuser voneinander trennte. Er betrat den engen Hof aus festgestampfter Erde, der, hinter dem Laden gelegen, gleichzeitig als Patio, Küche, Badezimmer, Waschhaus und Rumpelkammer diente. Tausenderlei sperrige Dinge türmten sich hier in einer Unordnung, die wie geschaffen war für Ratten, Schaben und Eidechsen. Im Dunkeln faßte Postel zwischen zwei alte Bücklingskisten und holte einen in Zeitungspapier gewickelten Gegenstand hervor, den er sogleich unter dem Hemd verbarg. Darauf ging er zum Wasserhahn, drehte ihn auf und ließ den Strahl über seine nackten Arme laufen, dann bückte er sich und trank aus der hohlen Hand, bis sein Durst gestillt war. Ohne noch einmal ins Haus zu gehen, verließ er den Hof wieder.

Er mied die Hauptstraße von Tête-Bœuf, die voller Menschen und Stimmengewirr war. Er begab sich in ein Labyrinth von Gängen, die ihm völlig vertraut zu sein schienen. Von überallher, aus den nach außen offenen Höfen, schlug ihm der diesem Viertel eigene Geruch entgegen, drang ihm in die Nase, den Mund, die Augen, ein Geruch nach Gebratenem, Hühnermist, Urin, Tierkot, überlaufenden Aborten, faulenden Abfällen, brennenden Kienspänen und blakenden Petroleumlampen. Es war das Duftbukett der beginnenden Abende. Später würden noch Terpentin, Weihrauch, Asa fœtida, das Aroma von Orangenblätter- und Palmnußtee, von Ingwer und Balsamkraut hinzukommen. Gegen Mitternacht dann, mit dem Schweiß der Pärchen, die sich gerade geliebt haben, der salzigen Brise und dem bitteren Duft der jungen Mädchen, die mit gespreizten Schenkeln schlafen, eröffnet dieser Duftfächer dem Geruchssinn einen neuen Horizont an Abenteuern. Postel hatte die Angewohnheit, die Nacht an ihren verschiedenartigen Ausdünstungen zu messen. Er brauchte nur die Luft einzusaugen, um zu wissen, daß es vom Turm der Tugendsamen Schwestern noch nicht halb sieben geschlagen hatte.

Für das, was er vorhatte, war es noch zu früh. Sein Vorsprung würde ihm erlauben, einen langen Umweg zu gehen, um Arme und Beine wieder gelenkig zu machen. Er durchquerte mehrere dunkle Gassen, die von Kneipen gesäumt waren, deren trostlose abendliche Vertraulichkeit sich in seinen Blick drängte. Er gelangte an einer Räuberspelunke vorbei zu dem Kalvarienberg von Port-au-Roi. Zwei Polizisten bewachten den heiligen Ort. In der vergangenen Woche hatten unbekannte Täter die Füße, die Hände und das dornengekrönte Haupt des Gekreuzigten mit frischer Scheiße beschmiert. In katholischen Kreisen wußte man, wer für diese Schändung verantwortlich war. Der apostolische Nuntius, Monsignore Pascoli, hatte mit Barbotog eine heftige telefonische Auseinandersetzung gehabt. Er hatte sich erdreistet, sich nach seinem Sekretär zu erkundigen, der spurlos verschwunden war. Jetzt sah der in Kampferspiritus gebadete Christus nicht mehr wie der Sohn Gottes aus, sondern eher wie einer der beiden Männer, die ihn beschützten, wenn man ihnen die khakifarbene Uniform, die Stiefel und die Gamaschen ausgezogen, das Springfield-Gewehr weggenommen und sie, halbnackt, an dem Kreuz aufgehängt hätte.

Alles würde verlaufen, wie er es vorgesehen hatte, dessen war er sicher. Noch vor Mitternacht würde er getan haben, was zu tun er beschlossen hatte. Er würde es haben, das Geld für seine Abreise. Noch vor dem Morgengrauen würde er in Sicherheit sein, irgendwo im Zwischendeck oder im Laderaum des kanadischen Frachters. Er hatte seinen Fluchtplan gründlich vorbereitet. Immer wenn die *Manitoba* im Hafen vor Anker lag, hatten David Ritson und er daran herumgefeilt und ihn vervollkommnet. Er würde die vereinbarte Summe haben. Der Matrose würde dafür sorgen, daß er heimlich an Bord gehen konnte. Für die Einreise nach Kanada hielt David gefälschte Papiere bereit. Ihre ersten Gespräche lagen Monate zurück. Ganz zu Anfang hatte er den Plan für undurchführbar gehalten. Er war darüber eingeschlafen, hatte sich an ihm berauscht, hatte ihn verworfen und immer wieder aufgegriffen. Selbst während er sich in seinem Laden zu schaffen machte, Maismehl abmaß, viertel Liter Rizinusöl, halbe Pfunde roten Zucker oder schwarze Bohnen, hatte er den Fluchtplan hin und her gewendet. Und noch wenn er völlig betrunken auf seinem eisernen Bettgestell lag, unfähig, die Sturmlaterne bei einem über die Stadt dahinbrausenden Oktobersturm zu erkennen, nahm die »Operation Noah 2« (wie er seine Flucht nannte), dem Auge des Zyklons vergleichbar, in der aufgewühlten Leere seines Geistes eine Zone absoluter Stille ein, ein winziges Zentrum niedrigen Drucks, einzige Kraft verklärter Heiterkeit inmitten der alkoholischen Ausschweifungen seiner Phantasie.

In dieser Zeit, während er auf eine erneute Ankunft der *Manitoba* wartete, hatte er sich wegen des Geldes den Kopf zermartert: wo sollte er den Zaster für die Überfahrt hernehmen? David hatte von zweitausend Dollar gesprochen. Die Risiken, die er auf sich nehmen wollte, waren ja auch nicht von der Hand zu weisen. Würde er von den Kanadiern geschnappt, brächte ihm das mehrere Monate Knast und die Entlassung aus der Handelsmarine ein. Geriete er in die Fänge des SAFES, bedeutete das ein schreckliches Ende in Fort-Samedi. Also, was tun? Eine Bank überfallen? Sich das Geld bei einem der jetzigen Machthaber beschaffen? Alles Hirngespinste. Die »Arche Noah« zu verkaufen entfiel ebenfalls. Der Laden gehörte ihm ja überhaupt nicht. Jeden Ultimo kam ein Buchhalter des SAFES vorbei, um die Bücher zu prüfen. Die Gewinne flossen in geheime Fonds. Für seine geringen Ausgaben empfing er das Gehalt eines kleinen Angestellten. Merkwürdig, daß er nicht gleich an Habib Moutamad gedacht hatte. Schließlich belieferte der syrische Kaufmann die »Arche Noah« schon seit Jahren mit frischer Ware. Da der Großhändler mit Barbotog zusammenarbeitete, gehörte er zu denen, die von der Bevölkerung am meisten gehaßt wurden. Er hatte den Staatsstreich des Großen Elektrifizierers finanziert, als dieser nur erst der unbedeutende Doktor Zacharias war. Durch den Buchhalter wußte er von den Gewohnheiten des levantinischen Kaufmanns. Im Gegensatz zu den anderen Großhändlern von Bord-de-Mer, die jeden Spätnachmittag die eisernen Rollos vor ihren Geschäften niederließen und mit dem Auto zu ihren klimatisierten Villen auf den Anhöhen fuhren, wohnte Moutamad im Obergeschoß der *Scheherazade*, seines gutgehenden Lebensmittelbasars. Sein Vermögen war bei einer Bank in Lausanne angelegt, aber für die laufenden Geschäfte verwahrte er beträchtliche Summen bei sich zu Hause. Der Buchhalter hatte sich über diese Schrulle des Kaufmanns lustig gemacht: »Wenn Habib nicht ein so wilder Elektrifizierer wäre, hätte ihn Barbotog schon längst von dem Tick geheilt, Tausende von Dollars zwischen Strümpfen und Taschentüchern aufzubewahren ...«

Es war nicht schwer gewesen, an Moutamad heranzukommen. Er hatte sich einen Auslandsaufenthalt des Buchhalters zunutze gemacht, der bis dahin als Mittelsmann zwischen ihnen gedient hatte. Das erstemal war er von Moutamad eisig empfangen worden. Er hatte allen Witz daran gesetzt, herauszufinden, wo die schwache Stelle des Händlers lag und wo er ihn packen konnte. »Monsieur Moutamad«, hatte er gesagt, »es geht das Gerücht um, daß Sie demnächst das Handelsministerium übernehmen werden, stimmt das?«

Bei diesen Worten war das Eis geschmolzen. Moutamads dickes Pferdegesicht lief rot an. Er strich sich über sein sorgfältig von der einen zur anderen Seite des Schädels gekämmtes Haar und sagte: »Da sind Sie besser informiert als ich, Postel. Wo haben Sie denn die Nachricht her?«

»Mehrere Personen«, hatte er erwidert, »haben von Ihnen als künftigem Minister gesprochen. Und in diesem Land gibt es keinen Rauch ohne Feuer ... Meine Glückwünsche, Herr Minister!«

»Danke, danke, Monsieur Postel«, hatte Moutamad geantwortet und seine Goldzähne blitzen lassen. »Von der alten Garde des uneingeschränkten Safeso-Zacharismus bin ich in der Tat der einzige, der bis jetzt noch kein Ministeramt bekleidet hat. Meine Stunde ist also gekommen.«

Bei seinem zweiten Besuch war er gekommen, als die *Scheherazade* gerade schloß. Moutamad hatte ihn zu einem Drink ins Obergeschoß eingeladen. Er hatte Whisky Soda mit Eis getrunken und sich dabei die Örtlichkeiten eingeprägt. Er erfuhr, daß Moutamad fast nie ausging und auch nur selten Besuch bekam. Nach dem Abendessen, das ihm eine alte Köchin zubereitete, pflegte er moderne Musik zu hören, falls er nicht gerade über seinen Kontobüchern hockte; dann ging er schlafen und stand mit den Hühnern wieder auf. Einmal im Jahr flog er nach

New York zu seinen beiden Kindern: seiner Tochter, die Medizin studierte, und seinem Sohn, der eine höhere Handelsschule besuchte. Mit dreiundfünfzig war er Witwer geworden und hatte nicht wieder geheiratet. Von Zeit zu Zeit stattete er Beirut eine Stippvisite ab. »Eine herrliche Stadt, Monsieur Postel«, sagte er, »wo man sein Vergnügen findet in den Nächten, die dort Paschanächte sind für einen arabischen Mann, der Geld hat und dessen Blut unter einer frischen Bettdecke im Hilton-Palace-Hotel noch feurig genug ist.« Während Postel diesen Vertraulichkeiten lauschte, ohne sich in metaphysische Debatten zu verwickeln, hatte er sich entschlossen, Moutamad mit einem Rasiermesser zu töten. Jetzt mußte er Shariar nur noch Zeit lassen, seine Mahlzeit zu beenden, die Köchin nach Hause zu schicken und die erste Pop-Platte dieses Oktoberabends aufzulegen.

Henri Postel hätte den Platz erreicht. Von da aus waren es noch etwa zwanzig Minuten bis zur *Scheherazade*. Er schlenderte die Rue Capois entlang und ging dann quer über den nördlichen Teil des Platzes in Richtung auf die Avenue de l'Hôpital-Général. Vor der Tribüne, auf dem Rasen, wo für gewöhnlich die Militärparaden stattfinden, bemerkte er eine Menschenansammlung. Neugierige bildeten um irgend etwas einen lebhaft schwatzenden Kreis. Als er näher kam, erkannte er einen riesigen Baumstamm, der auf dem Rasen lag. Er sollte als Kletterbaum aufgerichtet werden. Seit Jahren schon hatte er einem solchen Wettkampf nicht mehr zugesehen. Früher war das Wettklettern neben dem Karneval das Volksfest, das die meisten Menschen anlockte. Wozu ein solches Schauspiel aber jetzt im Zeitalter der Elektrifizierung der Seelen? Die Bevölkerung hatte den Geschmack an kollektiver Belustigung verloren. Selbst der Karneval, der so tief in den Bräuchen verwurzelt war, hatte seinen früheren Glanz verloren. Fastnacht war jeden Tag: alle seine Masken ähnelten dem Bildnis des Großen Elektrifizierers ...

In seiner Kindheit waren die Männer, die an dem mit Talg eingeschmierten Stamm hochkletterten, meistens Taugenichtse gewesen. Sie bezwangen alles: jede noch so hohe Mauer, jeden Mast, jeden Zaun, jede Palme, jedes Baugerüst, jeden Balkon. Wer die Spitze erreichte und die Trophäe eroberte, wurde unweigerlich festgenommen und ins Gefängnis gesperrt. Man hielt ihn für überführt, ein Übeltäter zu sein, selbst wenn er bewies, daß er zuvor nur auf unschuldige Kokospalmen geklettert war. Da war nichts zu machen: ein Meister des eingeseiften Kletterbaumes würde sowieso auf die schiefe Ebene geraten. Trotzdem fanden sich Jahr für Jahr Männer, die bereit waren, ihre Geschicklichkeit und ihren Mut an den Kletterbäumen zu beweisen, »diesen verhängnisvollen Stämmen ohne Treu und Glauben«, wie es ein Provinzchronist einmal beschrieben hatte, »ohne Mark, ohne Laub und Vogelgesang; diesen Pfählen, die eher an einen Galgen oder an das Kreuz erinnern«. Schon immer hatte es Wettkämpfe für die verzweifelte Kraft der Missetäter, der Vagabunden, des Großwilds der Strafanstalten gegeben. Bei den Zirkusspielen im alten Rom mußten die Gladiatoren mit wilden Tieren kämpfen. Würde der Kletterbaum nicht zu einer modernen Entartung dieser grausamen öffentlichen Belustigungen werden? Statt zuzusehen, wie Christen von Tigern und Löwen bei lebendigem Leibe zerfleischt wurden, würde die Zacharianische Menge herbeieilen, um zu erleben, wie ein Baum, der seine pflanzliche Unschuld, seinen Saft und sein Rauschen verloren hatte, in ein kahles, klebriges Ungeheuer verwandelt wurde, das den Übermut und die Kraft derer, die es zu bezwingen trachteten, ohne jede Regung verschlang und verdaute.

Der Stamm, den Postel soeben erblickt hatte und der unbeweglich auf dem Rasen lag, unfertig noch, sah schon wie ein fremdartiges Meeresgetier aus, ohne Maul und Hörner, ohne Zähne und Klauen für die Opferung seiner Opfer. In der Tat, wozu heutzutage einen solchen Kletterbaum? In der Stadt ist das ganze Jahr über Zirkus, mit allen möglichen Raubtiernummern. Binnen kurzem wird es einen Wolf weniger geben. Postel spürte die Rückseite des Rasiermessers an seinem linken Oberschenkel. Er wird es Habib Moutamad knallhart und genau in die Kehle stoßen. Würde er es eigentlich schaffen, einen Kletterbaum zu bezwingen? Als Fünfzehnjähriger war er auf die höchsten Kokospalmen gestiegen, hatte den Palmkohl der Königspalmen gepflückt. Die Technik hatte er sich von den Bauern in Cap-Rouge abgeguckt. Unter seinen Freunden in der Stadt gab es damals keinen, der es mit ihm aufnehmen konnte. Allerdings war es etwas völlig anderes, an einem mit Talg beschmierten Stamm hochzukommen. »Eine Tat, durch die du in der Achtung deiner Anhänger wieder steigen würdest«, hatte Maître Horace gesagt. Wollte ihn der Schuster veranlassen, den Kampf mit einem eingeschmierten Baumstamm aufzunehmen? Das fehlte noch! Wenn das kein lächerlicher Einfall war. Verrückt, was ihm in letzter Zeit für seltsame Dinge durch den Kopf gingen...

Er erblickte das Firmenzeichen der *Scheherazade:* das in regelmäßigen Abständen aufflammende und wieder verlöschende Neonbildnis einer orientalischen Basarhändlerin. Postel drückte auf den Klingelknopf. Moutamad erschien auf dem Balkon.

»Wer ist da?«

»Ich bin es, Postel.«

»Wer?«

»Henri Postel, Monsieur Moutamad.«

»Ach Sie, Monsieur Postel, welcher gute Wind weht Sie denn her? Warten Sie, ich komme runter.«

Er stieg hinter dem Kaufmann die schmale Treppe hinauf, die ins Obergeschoß führte. Er trat nach ihm in das Wohnzimmer, einen hohen, angenehm erleuchteten Raum.

»Ich bitte um Entschuldigung, daß ich Sie noch so spät störe«, sagte Postel und nahm in einem Sessel Platz.

»Aber das macht doch nichts, mein Bester. Wo brennt's denn?«

»In meinen Fässern ist nicht ein Tropfen Zuckerrohrschnaps mehr. Ich brauche gleich morgen früh eine neue Lieferung. Was ist bloß mit den Tête-Bœufianern los? Sie besaufen sich in diesen Tagen mehr als sonst.«

»Wahrhaftig, fünf Fässer, 1500 Liter in weniger als vierzehn Tagen, das nenne ich einen Rekord! Haben Sie da nicht ein bißchen nachgeholfen, ehrwürdiger Noah?« sagte Moutamad und lächelte.

»Selbstverständlich«, entgegnete Postel, »meine drei Liter täglich sind dabei. Aber Scherz beiseite, Monsieur Moutamad, Sie werden es nicht glauben, wenn ich Ihnen sage, daß ich die Weinberge des Herrn meide...«

»Einen Whisky werden Sie mir aber doch wohl nicht abschlagen, oder?«

»Aber nur einen kleinen, ohne Soda und Eis, pur!«

(Pur und knallhart wie der Rasiermesserschnitt, der dich erwartet, du hundsgemeiner Elektrifizierer der Seelen, dachte er.)

Moutamad wandte sich einer kleinen Bar zu, die in einer Zimmerecke untergebracht war, und nahm eine noch nicht angebrochene Flasche »Something Special de Luxe« zur Hand.

»Dieser Scotch ist ein Geburtstagsgeschenk. Und wissen Sie, von wem? Von Clovis Barbotog. Der Ex-Senator Henri Postel trinkt zusammen mit Habib Moutamad einen Whisky, der von dem SAFES stammt! Ihr Land, mein Lieber, ist wirklich phantastisch!«

»Phan-ta-stisch, Sie sagen es«, wiederholte Postel und war von dem nackten, wulstigen Hals Moutamads buchstäblich fasziniert.

Der Mann schenkte seinem Gast ein halbes Glas ein und ging an den Kühlschrank, um für sich Eisstückchen zu holen.

»Übrigens, Senator, Sie hatten letztens recht, in mir einen künftigen Minister zu sehen. Gestern abend habe ich aus dem Munde des Präsidenten Zacharias persönlich vernommen, daß in Kürze eine Kabinettsumbildung zu erwarten ist. Die Art und Weise, wie mich der Obergeistliche-der-Nation-auf-Lebenszeit dabei angesehen hat, bestärkt mich in der Annahme, daß ich diesmal das Handelsressort in der Tasche habe.«

»Das muß begossen werden«, sagte Postel und starrte dabei hingerissen auf den prächtigen Adamsapfel des Händlers.

Er erhob sich. Moutamad glaubte, er wolle ihm behilflich sein, und sagte: »Bleiben Sie doch sitzen, Senator. Machen Sie sich keine Umstände. Sobald ich der Regierung angehöre, werde ich beim Präsidenten eine Erleichterung Ihres Schicksals erwirken. Statt in Tête-Bœuf sollen Sie einen leitenden Posten in einem richtigen Geschäft erhalten. Vielleicht sogar hier in der *Scheherazade*, warum eigentlich nicht? Als zweiten Schritt dann ein gemütliches Konsulat in Europa, in einer Schweizer Stadt. Der Genfer See wird Sie wieder aufmöbeln. Präsident Zacharias, wissen Sie, ist nämlich gar nicht so ein Ungeheuer, wie ihn seine Gegner vor der Welt hingestellt haben. Ein Henri Postel sollte ihm seine Mitarbeit anbieten. Wie denken Sie darüber, Senator?«

»Meinen Sie mich damit?«

Der Kaufmann bekam vor Bestürzung ganz große Augen, als er das aufgeklappte Rasiermesser erblickte.

»Was ist denn mit Ihnen los?« fragte er.

»Hören Sie, Moutamad, ich brauche dreitausend Dollar. Und bei der Gelegenheit ...«

Moutamad ließ sein Glas und den Eiswürfelbehälter, den er noch in der Hand hielt, auf den Tisch fallen.

»Aber wozu denn ein Ra-Ra-Rasiermesser wegen einer so lächerlichen Summe. Ich habe das Geld nebenan, kommen Sie mit ...«

Postel folgte Moutamad in das Schlafzimmer. Der Händler zog das Schubfach einer Kommode auf. Unter einem Stapel Hemden holte er ein dickes Bündel neuer Banknoten hervor.

»Hier sind zweitausend«, sagte er. Er öffnete ein zweites Schubfach, aus dem andere Dollarpäckchen zum Vorschein kamen. Er war furchtbar aufgeregt, Schweiß perlte ihm auf Stirn und Nacken. Während er weitersuchte, warf er flehende Blicke auf Postel, der seine Waffe noch immer in der Hand hielt.

»Vielleicht«, stammelte Moutamad, »brauchen Sie auch noch etwas Schmuck?« Sofort befreite er ein anderes Möbelstück von wahllos herausgegriffenen Armbändern, Halsketten, Ringen, einer Uhr, einem riesigen Tischfeuerzeug aus massivem Gold und anderen kleinen Gegenständen von großem Wert.

»Ich werde Ihnen das alles zusammenpacken«, sagte Moutamad. Er ging, von Postel gefolgt, in das Wohnzimmer zurück und legte den Schmuck und das Geld auf den Tisch. Er war bleich, sein Mund zitterte, und er konnte sich kaum noch auf den Beinen halten. Postel stand auf derselben Seite des Tisches, zum Äußersten bereit.

»Das ... das hätte ich nicht von Ihnen erwartet, Sie, ein Ma-Mann von Bil-, von Bildung, und nun mit einem Ra- Ra- Rasiermesser in der Hand!«

»Na sicher doch«, sagte Postel, »die Fliegen, der Staub, der Gestank, der Radau von fünf Jahren Tête-Bœuf haben jedes mannhafte Handeln in mir abgetötet, nicht wahr?«

Moutamad warf sich Postel zu Füßen, die Hände vor dem Gesicht verschränkt, das vor Entsetzen puterrot angelaufen war.

»Ich stecke in dieser Geschichte der Elektrifizierung der Seelen doch überhaupt nicht drin! Ich habe mich Ihnen gegenüber nie schlecht benommen, Herr Senator!«

»Und wer hat 1957 hunderttausend Dollar für den Wahlfonds des Dr. Zookrat Zacharias gespendet? Wer hat für ihn in der libanesisch-syrischen Kolonie Parteigänger angeworben? Wer hat ihn später bei der Maffia eingeführt, damit er heimlich Waffen kaufen konnte? Wer hat zwischen Gangstern und Clovis Barbotog vermittelt, um das Land mit einem Netz von Spielkasinos und Bordellen zu überziehen? Von wem stammte die Idee, die Schildkröten-Insel für 99 Jahre zu verpachten? Einen Moment, Moutamad, ich bin noch nicht fertig. Wer ist Mitglied im Verwaltungsrat der ZAAMCO, der Bank, die Menschenblut für drei Dollar das Liter exportiert? Und wer hat vor ein paar Minuten noch behauptet, er stünde dicht davor, sich den gesamten Handel dieses Landes unter den Nagel zu reißen?«

Moutamad kniete noch immer auf dem Teppich und begann zu jammern: »Ja, ja, ich bin schon ein Schuft, ist ja wahr. Aber ich bin auch bereit, Ihnen zur Flucht zu verhelfen.«

»Flucht? Warum bin ich hier? Etwa wegen des Vergnügens, das Blut einer Ratte fließen zu sehen? Ich gehe, Moutamad, jawohl, Noah wird nicht in dieser blutigen Sintflut ersaufen. Stehen Sie auf, einen knienden Mann zu schlagen ist mir widerlich.«

Moutamad bemühte sich aufzustehen, doch die Glieder gehorchten ihm nicht mehr. Er fiel auf sein dickes Gesäß, Tränen in den Augen, mit schweißglänzendem, entsetztem Gesicht.

»Sie tun gut daran, außer Landes zu gehen«, sagte er. »Sie haben es ja selber erlebt: trotz Ihrer Opfer ist Ihnen niemand gefolgt. Man hat Sie dem Schnaps und den Fliegen überlassen. Ich helfe Ihnen aus diesem verfluchten Loch heraus. Warten Sie, ich schreibe Ihnen einen Scheck über ... fünfzigtausend Dollar aus!«

Moutamad rutschte zu seiner Jacke, die über einer Stuhllehne hing, und zog sein Scheckheft hervor. Er suchte nach einem Stift zum Schreiben, griff mehrmals in die falsche Tasche, verhedderte sich in seiner Verwirrung. In dem Augenblick fuhr Postel mit seiner freien Hand über den Tisch und fegte Geld und Schmuck auf die Erde. Er klappte das Rasiermesser wieder zusammen und warf es dazu.

»Ich werde nicht gehen«, sagte er.

Ohne sich von der Stelle zu rühren, sah Moutamad zu Postel hoch, als litte er an Halluzinationen.

»Stehen Sie auf«, sagte Postel.

Der Mann klammerte sich an ein Tischbein, stemmte sich ein wenig hoch, überzeugte sich, daß Postel harmlos aussah, und kroch auf allen vieren zu einem Sessel.

»Und wissen Sie auch, warum ich hierbleibe? Ich habe vorhin die Vorbereitungen für das nächste Wettklettern gesehen. Ich werde mich daran beteiligen. Das verschlägt Ihnen die Sprache, was?«

Moutamad saß zusammengesackt da, mit blödem Blick, und starrte Postel an, als befände er sich einer noch größeren Gefahr gegenüber als dem Rasiermesser.

»Senator«, stammelte er, »was sagen Sie da? Mir dreht sich schon der Kopf. Was hat denn ein Mann Ihres Formats auf einem Kletterbaum zu suchen?«

»Versprechen Sie mir, über das Vorgefallene Stillschweigen zu bewahren. Wenigstens während der drei Tage, die der Wettkampf dauert; danach ist mir alles egal.«

»Einverstanden«, sagte der Kaufmann, »zu niemandem ein Sterbenswort! Weder morgen noch in einem Monat noch in tausend Jahren!«

Moutamad begann wieder zu jammern und umfing Postel mit einem vor Dankbarkeit schmierigen Blick. Er beugte sich sogar vor und wollte den Ex-Senator bei den Händen fassen.

»Pfoten weg!« befahl Postel. »Ihr weibisches Getue ist mir zuwider. Ihr Adamsapfel sitzt noch an seinem Platz, weil ich einsehe, daß ich in dieser Stadt Besseres zu tun habe, als mich nach dem Raubmord an einem einsamen Kaufmann aus dem Staube zu machen. Sie werden erleben, was ein Zombi vermag, um die Achtung seines Vaterlandes zurückzugewinnen. O ja, ich sehe Ihnen an, daß Sie mich für verrückt halten! Kommt her, um mich mit einem Rasiermesser umzubringen, und hat dabei, von fünf Jahren Tête-Bœuf zermürbt, alle Kraft verloren! Übergeschnappt, der Mann, meschugge, reif für die

Klapsmühle! So denken Sie doch, nicht wahr? Geben Sie's nur zu! Aber Sie irren sich, Moutamad! Ein Kerl wie Postel ist Ihnen immer um Nasenlänge voraus!«

Er trat einen Schritt auf Moutamad zu, packte ihn beim Kragen und zerrte ihn aus dem Sessel hoch.

»Na los, Sie bersten doch vor Gesundheit, versuchen Sie mal, mich beim Armdrücken zu schlagen! Versuchen Sie mal, mir den Arm herunterzubiegen!«

Er zog Moutamad zum Tisch.

»Worauf warten Sie denn noch, wenn Sie diesen Arm gegen Ihre Tischplatte drücken können?«

Moutamad war es peinlich, er wußte nicht, wie er sich gegen Postel verhalten sollte, der den rechten Ellbogen auf den Tisch gestützt hatte und die Hand mit gespreizten Fingern hoch hielt, bereit, den Kampf der Handgelenke aufzunehmen.

»Früher, in meinem Dorf«, sagte Moutamad, »war ich wegen meiner Gewandtheit bei diesem Spaß berühmt. Burschen, die doppelt so kräftig waren wie ich, ließen sich von mir besiegen. Ich wurde der ›Kalif mit der goldenen Faust‹ genannt!«

»Na wunderbar«, sagte Postel, »dann zeigen Sie mal, daß Sie auch Gold in den Armen haben! Los geht's, und ehrliches Spiel.«

Moutamad legte seine Hand in die von Postel. Sie stemmten die Ellbogen fest auf den Tisch und begannen zu drücken, ihre Unterarme waren etwa zu gleicher Höhe aufgerichtet. Augenblicklich wurde Moutamad roter als eine Rübe in kochendem Wasser. Aber er gab dem Druck Postels nicht nach, dessen entzündete Augen ihn unablässig fixierten. Beide Männer zitterten vor Anstrengung. Nach ein paar Minuten schien es Moutamad, als begänne Postel zu wanken. Moutamad faßte wieder Mut, während es ihm gleichzeitig durch den Kopf schoß, daß es vielleicht gar nicht in seinem Interesse läge, den Zweikampf zu gewinnen. Denn wenn Postel siegte, würde er sich noch mehr in die verrückte Idee mit dem Kletterbaum versteigen, wenn er dagegen verlöre ... Seine Gedanken schweiften ab: Er durchlebte noch einmal seine weit zurückliegenden libanesischen Jahre, als er noch nicht von der Sucht beherrscht gewesen war, auszuwandern und in der Ferne das große Glück zu machen. Die Vorstellung seiner ärmlichen Jugend schoß ihm machtvoll ins Blut.

Die beiden waren auf dem Höhepunkt ihrer Kraftübung. Wäre ein Schiedsrichter zugegen gewesen, so hätte er vielleicht befunden, daß beide gleich stark seien und folglich der eine wie der andere Sieger sein könnte. Postel, wenngleich außer Atem und bis aufs höchste angespannt, fühlte sich imstande, Moutamads Druck noch lange zu widerstehen und ihn auf die Dauer sogar niederzuringen.

»Das reicht«, sagte er plötzlich und löste seine Hand aus der des Kaufmanns. »Sie können bezeugen, daß diese Arme noch etwas taugen. Es sind nicht die Tentakeln einer Meduse. Mumm genug für den Kletterbaum!«

»Und wie!« sagte Moutamad. »Trinken wir auf Ihren Sieg über den Baum!«

»Entschuldigen Sie«, sagte Postel, »ich möchte lieber ein Glas frisches Wasser.«

»Aber, ein Schluck Whisky wird Ihnen doch nichts schaden. Stoßen wir darauf an!«

»Na schön, wenn Sie meinen.«

Sie ließen ihre Gläser klirren.

»Auf Ihren Triumph«, sagte Moutamad mit aufrichtigem Blick.

»Danke«, entgegnete Postel. »Ich muß jetzt los. Wie spät ist es denn? Schon elf Uhr! Auf Wiedersehen am Kletterbaum!«

»Am Kletterbaum!« wiederholte Moutamad und geleitete seinen abendlichen Besucher zur Tür.

Wieder auf der Straße, ging Postel eilig zum Hafen. In der schweigenden Nacht nahm er nur das Schleichen streunender Katzen, die verschwiegene Geschäftigkeit der Hunde und das feine Nagen der Ratten wahr. Die Rathausuhr zeigte ihm an, daß es elf Uhr zehn war. Seit halb elf wartete Ritson auf ihn. Die letzten hundert Meter, die ihn noch von dem Treffpunkt trennten, legte er im Galopp zurück. Er entdeckte den Mann schon aus der Ferne. Auch Ritson erkannte ihn und lief ihm entgegen.

»Ich habe schon nicht mehr geglaubt, dich je wiederzusehen. Ist etwas schiefgegangen?«

»Einen Augenblick«, sagte Postel, »laß mich erst mal zu Atem kommen. Ich bin ja gerannt.«

»Bei mir ist alles klar«, sagte Ritson. »Die beiden Posten sind bestochen. Auf dem Schiff ist es noch leichter: der Wachhabende auf der Brücke ist ein Kumpel von mir. Glück gehabt. Hast du die Moneten?«

»Ich hatte sie vor mir liegen: Bündel neuer Banknoten, haufenweise Schmuck und wie vom libanesischen Himmel heruntergefallen einen Scheck über fünfzigtausend Dollar. Schon beim Anblick des Rasiermesssers wurde Moutamad ganz klein. Ich hätte ihn wie eine Fliege zerquetschen können. Aber in letzter Sekunde habe ich alles hingeschmissen ...«

»Was erzählst du da? Bist du wahnsinnig geworden?«

»Versuch es zu begreifen, David!«

»Warum dieser Selbstmord?«

»Hör mir doch erst einmal zu, bevor du von Wahnsinn und Selbstmord sprichst.«

»Eine elende Weibergeschichte, nehme ich an!»

»Ach, ihr Seeleute! Ihr habt nur immer Weibergeschichten im Kopf! Darum geht es überhaupt nicht. In den nächsten Tagen findet ein Klettermastturnier statt, und ich habe gerade vorhin beschlossen, daran teilzunehmen.«

»Um Gottes willen! Und du sagst, daß du nicht verrückt bist? Du willst bleiben, um zuzuschauen, wie ein paar arme Schlucker an diesem Scheißbaum hochklettern?«

»Ich will nicht Zuschauer sein, David, sondern selber einer von diesen armen Schluckern!«

Ritson holte hastig sein Feuerzeug aus der Tasche und hielt es Postel dicht vor das Gesicht, um seine Züge besser erkennen zu können.

»Das ist doch unglaublich, daß einer so durchdreht, ausgerechnet in dem Augenblick, wo Schluß ist mit dem Elend, guter alter Kumpel.« Und er faßte den Ex-Senator liebevoll um die Schultern.

Postel löste sich aus der Umarmung.

»Ich brauche dein Mitleid nicht. Ich bin hier, um dir zu danken. Du hast für mich viel riskiert. Ich bin kein schwarzhäutiger Raskolnikow. Diese Moutamads verdienen mehr als jede alte Wucherin der Welt, daß man ihnen die Halsschlagader durchschneidet!«

»Verdammt noch mal, was haben die Zacharianischen

Elektrifizierer denn an sich, daß sie dich in ihrer drekkigen Republik zurückhalten können?«

»Es ist über mich gekommen in dem Augenblick, als mir Moutamad völlig verängstigt zu Füßen lag und mir aufzählte, wie vorteilhaft es für mich wäre, außer Landes zu gehen. Du hättest miterleben sollen, wie er mich geradezu drängte!«

»Und deswegen bleibst du hier?«

»Heute nachmittag ist ein Schuster, den ich sehr gern mag, damit herausgerückt, daß man von mir etwas anderes erwartet als ein Exil ohne Rückkehr.«

»Daß du auf den Baum kletterst, nicht wahr?«

»Das kann meinen Landsleuten die Augen öffnen.«

»Ist doch alles Quatsch!«

»Vertane Mühe, durchschauen zu wollen, was mit mir los ist. Jedenfalls werde ich nicht von hier weichen. Dieser Baum ist der einzige Weg, der vor mir liegt.«

»Weißt du, Henri, seit ich über die Meere schippere, habe ich ja manche Behämmerte und Vernagelte kennengelernt, aber ein Exemplar deiner Tonnage ...«

»Ich erlaube dir nicht ...«

»Nun laß mir doch meinen Spaß. Monsieur Postel spielt den starken Mann! Wann hast du eigentlich das letztemal in einen Spiegel gesehen? Die kleinste Scherbe wird dich belehren, daß du aber rein gar nichts von einem Champion an dir hast. Nicht mal, um eine Hure von Kletterbaum zu besteigen! Mit dieser Statur eines versoffenen Krämers willst du deine Konkurrenten schaffen?«

»Deine Beleidigungen tun mir weh ...«

»Meinst du etwa, deine Zombis von Landsleuten werden das Gleichnis von der Kokosnuß enträtseln, das du in deiner Geschichte mit dem Baumstamm versteckst? Du wirst der Dorfidiot von diesem heißen, staubigen Nest sein! Unter dem Hohngelächter des Pöbels wird der Groll eines närrischen Alten mit dir durchgehen. Und dieser Moutamad wird die bösen Minuten nicht vergessen, die er durch dich ausgestanden hat.«

»Er hat mir versprochen, nicht darüber zu reden.«

»Und du vertraust dem Wort eines Ganoven? Himmel, Arsch und Wolkenbruch, kann man denn überhaupt so blöd sein? Na schön, schließlich ist es deine Sache. Ich will dir dein beschissenes Schauspiel lassen. Für mich die

Moneten von diesem Moutamad! Führ mich zu ihm hin. Dann sollst du mal sehen, wie man mit einem solchen Hurensohn von Bluthändler umspringt!«

»Nein, David, das bringt nichts ein. Lassen wir das.«

»Ach, du willst mich wohl noch für deine mystische Kehrtwendung gewinnen? Wenn du wenigstens bliebest, um die Insel von diesem Blutsaugergesindel zu säubern, aber wegen eines scheißblöden Kletterbaumwettbewerbs, das übersteigt meinen gesunden Menschenverstand.«

»Wer sagt dir denn, daß meine Tat das Land nicht aufrütteln wird!«

»Da sind wir mitten in der Magie! Ich dachte, du wärst vom Voudou geheilt. Kein Schauspiel hat jemals Sklaven befreit. Du kannst deinen Leuten doch nicht dadurch ein Beispiel geben, daß du als erster bis an die Spitze eines verdammten talgbeschmierten Baumstamms kletterst.«

»Nein, David, ich habe keine magische Konzeption für den Kampf um die Freiheit. Man braucht sich doch gar nicht so weit von unseren Küsten zu entfernen, um zu sehen, was die Menschen vorantreibt.«

»Du versuchst deinen gleichgültig gewordenen Brüdern etwas einzuimpfen.«

»Ich will dieser halben Insel lediglich vor Augen führen, daß es für sie keinen anderen Weg gibt als den beschwerlichen Aufstieg.«

»Was ist das für ein Quatsch? Das stinkt doch schon hundert Yard gegen den Wind nach falschen Propheten. Überleg doch bloß mal, wie deine Schwarzen den Weißen geholfen haben, dein Land niederzuwerfen. Und woran denkst du? Dich mit dem Talg der Folklore zu beschmieren! In dem alten animistischen Zirkus deiner Vorfahren den Vertikalclown zu spielen! Du stinkst mir, verstehst du, du und deine Sippe von messianischen Kokospalmenkletterern, ihr alle stinkt mir!«

»Jetzt gehst du zu weit. Eine wenig ehrbare Angelegenheit hat uns zusammengeführt: Mord und Raub für einen Schlupfwinkel in Kanada. Und siehst du, diesem egoistischen Abenteuer ziehe ich den Wettkampf um den Kletterbaum vor.«

»Ach, der Herr Senator will sich die Finger nicht schmutzig machen. Er will die Revolution mit weißen

Handschuhen! Durch die Schuld eines kanadischen Hurenjägers hätte er sich um ein Haar für ewig am Blut und am Besitz eines seiner zufälligen Landsleute versündigt. Oh, ich weiß selber nicht, was mich davon abhält, dir eine ordentliche Seemannsabreibung zu verpassen!«

»Nur zu«, sagte Postel. »Ich muß meine Arme ohnehin ein bißchen lockern. Also fangen wir gleich an. Vielleicht wirst du aber eine Überraschung erleben!«

»Hör zu, ich schlag mich nicht mit dir, Henri. Durch deine ›Arche Noah‹ bist du in der biblischen Scheiße versackt. Unterdessen gehen uns fünfzigtausend Dollar durch die Lappen. Der Herr Senator erlebt seine Bekehrung auf einem Kletterbaum! Nein wirklich, ich weiß nicht, was mich zurückhält...« Vor Wut fast erstickend, fuchtelte er Postel mit seinen riesigen Fäusten vor dem Gesicht herum. Aber statt zuzuschlagen, begann er zu schluchzen und schimpfte wie ein verzweifeltes Kind vor sich hin: »Scheiße, Scheiße, Scheiße!«

»Leb wohl, David«, sagte Postel liebevoll.

»Scher dich zum Teufel mit deinem elenden Kletterbaum, du altes mystisches Arschloch!«

Und der Mann wandte sich schroff ab, seinem Schiff zu, das schlummernd in der Bucht lag.

Als er gegangen war, zögerte Postel einen Augenblick. Sollte er gleich nach Tête-Bœuf zurückkehren? Er entschloß sich zu einem Umweg über den Platz, um zu sehen, wie dort die Dinge standen. Er durchquerte abermals das Geschäftsviertel. Die Nacht war trostlos, taub und stumm. Die Oktobersterne belebten nichts in der nächtlichen Einöde. Das SAFES gab sich keine Mühe mehr, den jammervollen Schlaf der Stadt mit allgegenwärtigen Phantomen zu füllen. Postel erreichte den Platz wieder von der Nordseite. Niemand stand mehr um den noch immer daliegenden Stamm herum. Nur ein Hund tauchte gleichzeitig mit ihm auf. Er beschnüffelte aus vorsichtigem Abstand mißtrauisch, was er offenbar für den Rumpf eines Ungeheuers hielt.

Die Handwerker hatten ihre Gerätschaften dagelassen: Spitzhacken, Schaufeln, Karren, Maurerkellen für das Anstreichen und die Schmiermittel, mit denen der gefällte Baum der Zeremonie folgend eingefettet werden sollte: Dosen mit Talg, Kisten mit Seife, Blechkanister mit weiß-der-Himmel was sonst noch. Ein Endchen weiter entdeckte er unter einer Plane alle möglichen Gegenstände, vor allem Fahnen, Banner, Spruchbänder und überlebensgroße Porträts des Tyrannen. Er zog eins aus dem Stapel hervor und spuckte darauf, dann bepißte er es, und da ihm danach war, sich zu erleichtern, ließ er die Hosen herunter und machte auf das Vollmondgesicht des Obergeistlichen-der-Nation einen Haufen. Der Hund, den Kopf vorgereckt, den Schwanz hoch, sah ihm dabei ungerührt zu. Wenn ich auch nicht an den Erlöser glaube, dachte Postel, sollte es ihn dennoch geben, so wird er zufrieden sein, daß jemand dem Zacharias-Regime die Schändungen vom Kalvarienberg heimgezahlt hat, und sei es auch nur auf einem Bildnis. Sobald Postel fertig war, begann der Hund mit dem Schwanz zu wedeln und stürzte sich mit bebender Schnauze auf das besudelte Porträt des Großen Elektrifizierers der Seelen!

Postel schlug den Weg zu seinem Haus ein. Er überdachte, was bis zur Eröffnung der Spiele vor sich gehen würde. Der Donnerstag dämmerte gerade. Am Freitag, dem 21. Oktober, nachmittags, würde das Spektakel beginnen und längstens bis Sonntagabend dauern. Der Donnerstag würde dazu benutzt werden, den Baum aufzustellen, den Platz zu schmücken, im Radio, im Fernsehen und in der Presse auf das Ereignis hinzuweisen. Da er fast nie die Zeitungen des SAFES las und auch kein Radio hörte, wußte er nicht, ob die Propaganda dafür schon eingesetzt hatte oder noch nicht. Bestimmt würde das Schauspiel im Fernsehen übertragen werden. Zum erstenmal werden die Mastkletterer auf dem Bildschirm zu sehen sein. Kein Zweifel, daß die gesamte Regierung auf der *Tribüne* versammelt sein wird, um zu erleben, wie er, Postel, an seiner *Ehrenrettung* arbeiten wird. Sein Denken verabscheut alles, was er seit seiner Jugend wie die Pest gemieden hat. Sein Leben in den Stoff seines Handelns einzufügen. Das Armdrücken mit Moutamad hat ihm gutgetan. Er hatte keinerlei Widerwillen empfunden, die Faust des Gauners zu packen. Es war eben trotz allem die warme Hand eines Menschen gewesen. Es mag Gerechte mit kalten, schlaffen Händen geben und Übeltäter mit guten Händen, die beherzt und entschlossen zufassen. Solche Überlegungen werden dir jedoch nicht helfen, den Baum zu bezwingen. Was du tun mußt, das ist, zu versuchen, die Unbekümmertheit der sportlichen Wettkämpfe aus deiner Jugendzeit zurückzugewinnen, du hast nicht mal eine Woche, um das Fett vom Körper zu schmelzen. Wenigstens sind die Arme kräftig geblieben. Seine Arme und auch die Waden waren lange Zeit sein Stolz gewesen. Diese Sportsjahre werden ihm jetzt zugute kommen. Der Lärm, der Staub, die Fliegen, die griffbereite Schnapsflasche, die Hitze, der Schmutz haben über sein früheres Ich gesiegt. Jetzt wirst du als der Mann hinaufklettern müssen, den sie aus dir gemacht haben, aber ob du nun gewinnst oder verlierst, es wird keine dringende Einberufung des Sicherheitsrates der Vereinten Nationen zur Prüfung deiner Angelegenheit geben. Kein *Die Krise von Tête-Bœuf* überschriebenes Kapitel in irgendeinem Geschichtslehrbuch. Dein Baumstamm kann alles sein, nur nicht der Nabel der Welt oder die Achse ihres Schicksals. Dein Stamm ist keiner der Brennpunkte ihres kalten Krieges. Er ist auch keine dieser berühmten Brücken, auf denen ein einziger Mann eine ganze feindliche Armee aufzuhalten vermochte. Kein Engpaß, wo eine Handvoll Neger den Vormarsch der Perser dieses Jahrhunderts zum Stehen zu bringen versuchen! Nichts als ein lausiger, verhexter Mast. Wenn du nur ein bißchen mehr Zeit hättest. Wenn das, was du tun willst, einen Sinn hat, wird die Vorstellungskraft der Stadt auch imstande sein, ihn zu enträtseln. Deine Rolle besteht nur im Hochklettern. Es ist nicht deine Aufgabe, irgendeine Allegorie in den Himmel deiner Stadt zu schreiben oder den Tausenden von Zuschauern einen neuen Postel vorzuführen. Dein Hundeleben ist kein Spektakel wert. Du willst weder einsame Verdienste einheimsen, noch bist du einer jener Intellektuellen, die unfähig sind, sich in der Menge zurechtzufinden, und sich daher unermüdlich in den Symbolen und Fabeln des sittlichen Bewußtseins verheddern. Du wirst für deine Neger wirken, mit ihnen. Sind sie so verdummt, wie Ritson meint? Wenn du während dieser Tage doch schweigen könntest. Kein Gedanke, kein Wort zuviel. Stets hast du im Übermaß gedacht, geträumt, geredet. In die Luft getürmte Worte und Gedanken, die dein Leben verfälscht haben.

Als er aufblickte, sah er, daß er wenige Meter vor seinem Haus in Tête-Bœuf stand. Den Heimweg hatte er nur von seinem Ortssinn geleitet zurückgelegt. Das Viertel war von den Gerüchen des frühen Morgens erfüllt: von der Bäckerei Saint-Joseph, von den schweißgebadeten Eseln, die die Waren mit den fröhlichen Düften des Dorfes in die Stadt schleppen: frische Milch, Gemüse, Obst, Büschel von Bananen, und von dem Aroma des ersten Kaffees, der in der Nachbarschaft aufgebrüht wird.

Die Morgendämmerung schritt vermummt voran, dem Lärm, dem Staub, den Fliegen entgegen, den Tagratten, dem grellen Widerschein des Oktober, der schäbig animalischen, erniedrigenden, wilden Elektrifizierung, die die tausend kleinen tödlichen Wunden des Tages wieder aufreißen würde.

Er hatte den Schlüssel schon im Schloß seiner Tür, als er bei Maître Horace einen Lichtstreifen in der Bretterwand bemerkte. Er zögerte einen Augenblick, dann klopfte er ans Fenster des Schusters.

»Wer ist da?«

»Henri.«

»Henri Postel?«

»Ja.«

Sofort tauchte das verblüffte Gesicht des Schusters im Fensterrahmen auf.

»Hat es nicht geklappt, Chef?«

»Ich habe meine Absicht geändert, ich bleibe hier!«

»Was für eine gute Nachricht! Ich habe die ganze Nacht kein Auge zugetan, weißt du. Gerade eben noch dachte ich an deine Abreise. Es ist also was schiefgegangen? Komm doch rein, Senator, ich werde uns einen Kaffee machen.«

Postel stieg über die Einfassung des kümmerlichen Gärtchens und betrat das Haus des Schusters durch eine Hintertür. Maître Horace stand in Unterhosen da, ein altes geflicktes Hemd auf dem Leib. Mit seinem abgezehrten Gesicht, der wächsern schwarzen Stirn und den hohlen Wangen glich er einem unterentwickelten Sancho Panza, der seinen Don Quijote empfängt, am frühen Morgen irgendwo auf dem Lande.

»Du siehst erschöpft aus«, sagte Maître Horace und musterte den Ex-Senator im verblassenden Schein der Lampe.

»Seit ich dich gestern abend verlassen habe, bin ich ununterbrochen auf den Beinen gewesen.«

»Und deine Abreise?«

»Das lief alles wie geplant. Ich sollte heimlich an Bord eines kanadischen Frachters gehen. Ich habe es mir anders überlegt. Ich werde an dem Kletterwettkampf teilnehmen.«

»Gott erbarme dich! Mach das nicht, Chef, fahr weg! Als ich von der Tat sprach, hatte ich an was ganz anderes gedacht. Der Kletterbaum ist doch nichts für einen Mann wie dich.«

»Du zweifelst also auch an meinen Kräften?«

»Wozu willst du in Gesellschaft von allen möglichen Spitzbuben an einem Leichnam von Baum hochklettern? Was soll das? Fahr weg, Chef, ich flehe dich an. Lieber will ich dich nie im Leben wiedersehen, als untätig miterleben zu müssen, wie du bei diesem Kletterabenteuer zugrunde gehst.«

»Ich habe mich entschlossen, ich bleibe. Vor diesem Baum gibt es kein Zurück mehr. Wenn du einverstanden bist, werden wir später am Tag ein paar praktische Fragen des Unternehmens besprechen. Im Augenblick bin ich hundemüde. Und auch du hast etwas Schlaf nötig. Bis nachher dann, Maître Horace.«

»Zu Befehl, Chef!«

Postel ging in seine »Arche«, wusch sich Gesicht, Arme und Hände mit kaltem Wasser, zog Hose und Hemd aus und warf sich bäuchlings auf sein Feldbett. Er sank sofort in tiefen Schlaf. Nach acht Stunden wachte er auf und fühlte sich großartig. Er duschte sich unter dem Wasserhahn, zog saubere Sachen an, bereitete sich eine leichte Mahlzeit und trat in den hellen Mittag hinaus. Maître Horace, der früher aufgestanden war, lauerte schon auf ihn. Der Schuster schwenkte eine Zeitung in der Hand.

»Hier steht was von dem eingeschmierten Baum«, sagte er. »Die Teilnehmer am Wettbewerb müssen sich bis vier Uhr beim SAFES registrieren lassen.«

»Nicht im Polizeipräsidium?«

»Nein, Chef, der Wettkampf wird vom SAFES veranstaltet, das heißt von Barbotog.«

»Ich gehe gleich hin.«

»Du hältst daran fest?«

»Mir bleibt nur dieser Weg. Ich eile, mein Alter, wir

sehen uns später.«

»Viel Glück!«

»Danke, mein Freund.«

Postel schritt die Stufen vor der Haustür hinunter und bog in die Hauptstraße von Tête-Bœuf ein. Er ging durch die Passagen, die als Bürgersteig dienten und ihn vor der Sonne wie auch vor dem wilden Getümmel des Viertels schützten. Um diese Tageszeit stieg die Hitze in unerträglichen Schwaden vom Asphalt hoch. Die Luft war blaß vor Staub, Verdruß und Angst. Die Passanten boten das Bild einer verschlossenen und verlorenen Welt, übervölkert, schwatzend, bis auf den Grund ihrer Erniedrigung erregt. Vom Portail Saint-Joseph bis zur Rue des Césars regierten der Kleinhandel, die stets vom Ruin bedrohten Kramläden, der Krempel, das Krethi und Plethi der Hausierer und Trödler, die winzigen An- und Verkaufsgeschäfte. Auf Schritt und Tritt ein ohrenbetäubendes, erstickendes Durcheinander, wo die Lebensgier ihre Kräfte sonderbarerweise aus all dem Unglück zu ziehen schien, das hier jeden Quadratzentimeter der Stadt tränkte. Um den Weg abzukürzen, ging Postel durch die Rue des Fronts-Forts in Richtung auf die Avenue Monseigneur-Guilloux bis zur Einmündung auf die Place des Héros, wo sich der Sitz des Staatlichen Amtes zur Elektrifizierung der Seelen befand.

Vor dem brandneuen dreigeschossigen Gebäude herrschte ein ununterbrochenes Hin und Her von Polizisten; manche trugen eine blaue Uniform, andere Fallschirmjägerdrillich. Einige waren auch nach der vom Großen Elektrifizierer höchstselbst kreierten Mode gekleidet: Anzug aus schwarzem Kaschmir, Hemd mit blütenweißem Kragen, granatrote Krawatte mit dazu passendem Taschentuch, dunkle Brille, grauer Filzhut Marke Stetson oder Borsalino, Handschuhe in der Farbe frischer Butter, Maschinenpistole in der Faust. Die beiden Posten an der Eingangstür des Gebäudes gingen auf Postel zu. Sie tasteten ihn an den Hüften, unter den Achseln, längs der Beine und an den Hosentaschen nach Waffen ab.

»Grund?« fragte ihn der eine.

»Der Kletterbaum«, antwortete Postel.

»Immer dem Pfeil nach«, sagten die beiden Polizisten

wie aus einem Munde.

Am Ende eines Ganges im ersten Stock gelangte Postel in einen großen, kahlen Raum, in dem nur das Porträt des Großen Elektrifizierers an der Wand hervorstach.

Dutzende zerlumpt gekleideter Männer standen Schlange vor einem Schreibtisch, an dem zwei SAFES-Leute thronten.

»Ist das hier richtig wegen des Kletterbaums?«

»Ja, ja, wegen des Kletterbaums«, antwortete der letzte in der Reihe.

Postel stellte sich hinter ihm an. Bewaffnete Männer kamen und gingen, ohne die Wartenden überhaupt zu beachten, schweigend, als schritten sie durch einen Tempel. Hinter dem Schreibtisch, an dem die Registrierung vorgenommen wurde, saß ein Polizist mit zurückgekämmtem Haar und einem Scheitel auf der rechten Seite. Er war ein Neger mit dünnem Hals und Fledermausohren. Er handhabte einen Füller vom Umfang eines Kinderarms und schien auf dieses Schreibutensil mächtig stolz zu sein. Jedesmal, wenn er sich an den nächsten wandte, schraubte er an ihm herum. Seine Stimme mit den monotonen Fragen drang bis zu Postel: Name, Vorname, Adresse, Beruf, Gefängnisstrafe für Diebstahl, Mord, Körperverletzung, Erregung öffentlichen Ärgernisses, mißbräuchliche Benutzung eines Machete, Vergewaltigung, Vergehen gegen die Elektrifizierung und so weiter. Von Zeit zu Zeit flüsterte der Mann mit dem Kinderarm-Füller seinem Nachbarn, einem uniformierten Elektrifizierer, etwas ins Ohr. Der schüttelte bald gewichtig den Kopf, bald prustete er in sein Taschentuch, konnte sich vor Lachen kaum halten und griff jedesmal unweigerlich nach dem Kolben seiner Maschinenpistole, die auf dem Tisch lag. Nach seiner Registrierung wurde jeder Bewerber in ein Nebenzimmer beordert, wo er photographiert und gemessen wurde. Als Postel an der Reihe war, fragte ihn der Mann mit dem Kinderarm-Füller mechanisch, ohne auch nur eine Sekunde hochzublicken:

»Name?«

»Henri Postel.«

»Wie?«

»Hen-ri Pos-tel.«

Die beiden Safesisten blickten sich verblüfft an.

»Gibt es denn zwei Henri Postels in der Stadt?« fragte der Uniformierte.

»Einer ist schon zuviel«, erwiderte der mit dem Kinderarm-Füller.

»Adresse?«

»Tête-Bœuf, Avenue Dessalines III.«

Die beiden Polizisten wechselten mit leiser Stimme ein paar hastige Worte.

»Zur Zeit ausgeübte Tätigkeit?«

»Einzelhändler.«

Der Mann mit dem Riesenfüller fragte seinen Kollegen: »Einzelhändler mit ä oder e?«

»Mit ä.«

»Waren Sie im Gefängnis?«

»Ja«, sagte Postel.

»Wegen Diebstahl?«

»Nein.«

»Mord?«

»Nein.«

»Also dann Vergewaltigung, wie?« sagte der Mann mit plötzlich glitzernden Augen.

»Auch nicht.«

»Vergehen gegen die Elektrifizierung?«

» . . .«

»Wollen Sie verflucht noch mal auf meine Frage antworten?«

»Dem Großen Elektrifizierer zu Gefallen«, sagte Postel.

Der Mann fuchtelte dem Ex-Senator mit seinem überdimensionalen Füller vor der Nase herum. »Rufen Sie: Es lebe der Obergeistliche-der-Nation-auf Lebenszeit!« Der Uniformierte schob das Schreibinstrument beiseite und sagte: »Überlaß ihn mir, Kleiner. Bei dem Namen wird er ein schönes Sieb abgeben.«

Er drückte Postel den Lauf seiner Waffe gegen die Brust.

»Dieser schwarze Kollege hier«, sagte er und deutete auf die Maschinenpistole, »will wissen, warum du im Gefängnis gesessen hast.«

»Weil ich ein Senator des Volkes gewesen bin«, sagte Postel fest.

»Sie sind der Ex-Senator Postel?« fragten die beiden Polizisten im Chor.

Nach einem neuerlichen Getuschel erklärte der Mann mit dem Kinderarm-Füller hochtrabend: »Es handelt sich hier um einen ausgesprochenen Sonderfall. Mein Kamerad geht und holt sich Order. Setzen Sie sich inzwischen dort hin und warten Sie. Der nächste, zum Teufel noch mal!«

Die Registrierung nahm ihren ermüdenden Fortgang, während Postel wartete. Nach etwa einer halben Stunde kam der Uniformierte in Begleitung eines hünenhaften Zivilisten in alpakablauem Anzug zurück. Postel erkannte in ihm den stellvertretenden Vorsitzenden des SAFES, Clovis Barbotogs rechte Hand, einen Mann, der seinem Ruf als »Enfant terrible des Safeso-Zacharismus« alle Ehre erwies: Dr. Parfait Merdoie, in der Stadt auch unter dem Spitznamen Samurai Caca d'Oie bekannt. Als er hereinkam, sprang der Beamte, der die Registrierung vornahm, sofort auf, salutierte mit dem Kinderarm-Füller und überließ seinen Stuhl dem Vorgesetzten. Merdoie nahm umständlich Platz und putzte lange seine schwarze Brille mit einer unerklärlichen Grimasse des Widerwillens.

Dann winkte er Postel heran.

»Wer hat Ihnen erlaubt, sich für den kommenden Wettkampf registrieren zu lassen?« fragte Merdoie.

»Mein Gewissen«, antwortete Postel.

»Wer hat Ihnen gesagt, daß Sie ein Gewissen haben? In diesem Land kann sich nur einer auf sein GEWISSEN berufen, weil er eins in Großbuchstaben hat: und das ist unser verehrter Obergeistlicher-auf-Lebenszeit, der Ehrenwerte Dr. Zookrat Zacharias. Wo waren Sie gestern abend?«

»Auf der Place des Héros«, sagte Postel, »um mir die Vorbereitungen für den Kletterbaum anzusehen.«

»Warum haben Sie gestern nachmittag und heute vormittag die ›Arche Noah‹ nicht geöffnet?«

»Seit vierundzwanzig Stunden widme ich meine ganze Zeit dem Wettkampf.«

»Sind Sie sich nicht im klaren darüber, daß wir Ihren Entschluß als einen Anschlag auf die Sicherheit des Safeso-Zacharianischen Staates ansehen könnten?«

»Ich sehe nicht recht, wie der Umstand, an einem Baumstamm hochzuklettern, Ihren Staatsapparat in Gefahr zu bringen vermag. Von einem Anschlag auf die

Sicherheit des Staates sprechen heißt doch, das Gesetz verächtlich machen ...«

»Wir sind nicht wegen einer juristischen Debatte hier, Postel. Sie unterliegen seit fünf Jahren einem Sonderverfahren der geistigen Elektrifizierung. Wie kann ein Mann in Ihrer Situation danach trachten, auf einen eingeschmierten Baumstamm zu klettern? Was für eine verbrecherische Absicht schwebt Ihnen denn dabei vor?«

In dem Augenblick hätte Postel am liebsten auch dem Dr. Merdoie eine Partie Armdrücken vorgeschlagen. Aber sofort fiel ihm ein, daß ein solches Angebot sicherlich keinem der Polizisten behagen würde. So hüllte er sich in Schweigen.

»Sie wollen also nicht antworten, was? Aber Postel«, sagte Merdoie nun weniger arrogant, »Sie sind doch schließlich kein Landstreicher. Sie sind ein gebildeter Mensch, ehemaliger Senator der Republik, Absolvent der Sorbonne, Sie haben doch nichts auf einem Kletterbaum zu suchen. Das ist ein Sport für Kriminelle!«

»Hatte ich das letztemal in Fort-Samedi den Status eines politischen Gefangenen?«

»Aber jetzt sind Sie eine Art politischer Gefangener auf freiem Fuß!«

»Wie achtundneunzig Prozent aller Bürger des Großen Zacharianischen Reiches!«

»Halten Sie Ihr dreckiges Maul, Henri Postel«, schrie Merdoie mit Schaum auf den Lippen.

Er hatte schon nach der Maschinenpistole des neben ihm Sitzenden gegriffen, als hinter seinem Rücken Unruhe entstand. Zwei Soldaten an der Tür nahmen Haltung an, um einen hageren Mann mittlerer Größe vorbeizulassen, dessen große Augen lachlustig und unheimlich zugleich blickten. Er trug einen grauen Anzug aus offensichtlich feinstem englischem Tuch mit einer frischen Nelke im Knopfloch und einem seidenen Tüchlein von derselben Johannisbeerfarbe wie die Krawatte. Gesund und rosig, völlig entspannt, verkörperte er einen Typ zwischen Berufsdiplomat und Akademiker, einem Luftwaffengeneral in Zivil oder einem anglikanischen Bischof, der zu einem Kinderfest erscheint. Es war der Minister des SAFES, Seine Exzellenz der Ehrenwerte Clovis Barbotog. Postel hatte ihn seit Jahren nicht mehr gesehen. Im Nacken und Gesicht war er etwas dicker geworden. An den Schläfen zeigten sich die ersten grauen Haare. Mit zunehmendem Alter wirkte er noch weltmännischer und liebenswürdiger als früher. Jeder im Raum war bei Barbotogs Auftauchen erstarrt, außer Postel, der seine lässige, ironische Haltung bewahrte. Er hielt dem Blick des Ministers stand in einer Stille, die man mit der Säge hätte zerteilen können.

»Wir sind jetzt also ein Schmiermastkletterer«, sagte Barbotog mit übertrieben ernster Stimme und erkünstelter Betonung.

»Wie Sie sehen«, entgegnete Postel.

»Es heißt *Exzellenz*«, brüllte Dr. Merdoie.

Ohne sich zu seinem Stellvertreter umzudrehen, machte Barbotog eine Geste, die besagte, das sei völlig bedeutungslos. Er fuhr mit derselben Grabesstimme fort: »Was kann Sie denn an diesem abstoßenden Schauspiel reizen, Henri?«

» . . .«

»Sie wollen mir nicht antworten? Sie benötigen eine Sondererlaubnis für diesen Wettkampf. Suchen Sie ein Sprungbrett zur Diversion auf dem Kletterbaum? Oder ist es ein verzweifelter Versuch, die mitleidigen Blicke dieses Landes auf Ihre Agonie zu lenken?«

»Ich klettere, um zu klettern«, sagte Postel. »Fragt man einen Affen, warum es ihn nach oben zieht? Eine Rankenpflanze? Oder gar einen Grünspecht? Klettern gehört zu ihrer Natur, nicht wahr? Und so will die zweite Natur, die Sie mir zurechtgezimmert haben, daß ich auf den Kletterbaum steige. Ich bin ein *Zombi-Kletterer*!«

»Hören Sie, Postel«, sagte Barbotog, »wir sind nicht hier in diesem Amt, um uns auf Kosten der Staatssicherheit geistreich zu geben. Ich an Ihrer Stelle . . .«

Barbotog hielt mitten im Satz inne. Als wäre ihm plötzlich eine Erleuchtung gekommen, beugte er sich zu Dr. Merdoies Ohr hinüber. Die beiden Männer sahen Postel prüfend an.

»Henri Postel«, fuhr Barbotog mit herzlicher Miene fort, »was würden Sie denken, wenn wir sagten, daß der Kletterbaum, den man von diesem Fenster aus schon sehen kann, ein riesiger Phallus ist, der den Himmel über unserer Hauptstadt spaltet.«

»Ich würde sagen, daß man statt des armen Himmels

lieber das Safeso-Zacharianische System über die Klinge dieses Schwertes da springen lassen sollte ...«

Bei diesen Worten konnte Barbotog nicht verbergen, daß sein Adamsapfel auf und ab hüpfte und daß sich seine Kiefer verkrampften. Er preßte die Fäuste auf den Tisch, um seine aufsteigende Wut zu bändigen. Dennoch fand er seine salbungsvolle Kaltblütigkeit zurück. Die Hypothese, die er soeben Dr. Merdoies Ohr anvertraut hatte, daß nämlich Postel womöglich den Verstand verloren habe, mußte fallengelassen werden. Der Mann da vor ihnen war ganz gewiß nicht verrückt. Nach einem peinlichen Schweigen nahm Barbotog wieder das Wort.

»Kommen wir zu den ernsten Dingen zurück. Schließlich liegt es in unserem Interesse, wenn eine ganze Stadt miterleben kann, wie Sie das bißchen Schatten, das Sie noch in der Sonne werfen, endgültig verspielen. Wenn Sie auf Ihren lächerlichen Auftritt so erpicht sind, werden wir Ihnen nichts in den Weg legen. Noch heute abend werden wir aus dem Kletterbaum das Symbol unserer tutelarischen und vertikalen Allmacht in diesem Lande machen! Er wird der Kletterbaum des 22. Oktober sein! Sie können von Ihrem Entschluß noch zurücktreten. Sie haben ein paar Minuten Bedenkzeit.«

»Da gibt es nichts mehr zu bedenken: ich bestehe darauf, an dem Wettklettern teilzunehmen.«

»Okay, yes boy«, sagte Barbotog. »Um so schlimmer für Sie. Wir werden das Spiel so glanzvoll aufziehen wie nie zuvor eine ähnliche Schau. Das Land soll auch nicht das Geringste vom Untergang Henri Postels verpassen. Sie werden die Hauptattraktion auf dem Fest der Elektrifizierung der Seelen sein. Die Welt wird ein in seiner Art einmaliges Schauspiel erleben: eine Demokratie, die so großherzig ist, daß sie ihrem Hauptfeind zuerst in einem volkstümlichen Viertel fünf Jahre lang frei und offen ein Geschäft anvertraut und ihn dann noch mit den gleichen Chancen wie jeder andere Bürger auch an einem nationalen Wettbewerb teilnehmen läßt. Sie, Henri Postel, wollen also mit dem, was von Ihnen als Mann übriggeblieben ist, den Safeso-Zacharianischen Staat herausfordern! Binnen vierundzwanzig Stunden werden Sie zeigen können, was in Ihnen steckt, Genosse Noah!«

Barbotog stand auf und verbeugte sich mit zeremoniell

zusammengelegten Händen, um Postel auf indische Weise zu grüßen, wie er es anläßlich eines Symposiums in Kalkutta gegenüber einem hohen Polizeibeamten hatte tun sehn. Dann zog er sich mit seiner Eskorte zurück.

Dr. Parfait Merdoie blieb und trug Postels Personalien in das Register ein. Als er damit ferig war, wurde Postel von allen Seiten photographiert. Dann bat ihn Merdoie zu seiner großen Verblüffung in sein Auto. Er fuhr ihn ins Militärkrankenhaus, wo er sich einer gründlichen medizinischen Untersuchung unterziehen mußte. Eine Ärztekommission unter Leitung des Dekans der Fakultät, Professor Léo Primas, nahm ihn in Empfang. Man maß seinen Blutdruck, fertigte ein Elektrokardiogramm an, röntgte Lunge, Nieren, die Knie und sogar die Hoden. Seine Reflexe wurden geprüft und sein Atemvolumen. Je nach ihrem Fachgebiet kümmerten sich die Ärzte um seine Gelenke, sein Zellgewebe und wer weiß was noch.

Sein Nervensystem kam zum Schluß dran. Dr. Primas, der Chefpsychiater der Irrenanstalt von Pont-Beudet, nahm Postel beiseite und überhäufte ihn mit Fragen. Wie das gewesen sei, als er am Vortag zum erstenmal das Verlangen verspürt habe, auf diesen Kletterbaum zu steigen? Ob er davor oder danach Kopfschmerzen gehabt habe? Ob er sich der offensichtlichen phallischen Bedeutung des eingeschmierten Kletterbaums bewußt sei? Ob es in seinem Leben eingestandene oder latente Fälle von Homosexualität gegeben habe? Ob er als Junge onaniert habe und dabei der Kletterbaum in seinen Phantasien eine Rolle gespielt habe? Ob es hierbei zum Orgasmus gekommen sei? Ob er einmal, im Zusammenhang mit Schweißausbrüchen, geträumt habe, seine Mutter hätte seinem Vater Hörner aufgesetzt, indem sie einen Kletterbaum mit ins Ehebett genommen hätte? Alle diese Fragen beantwortete Postel mit beißender Ironie. Doch das hinderte Dr. Primas nicht daran, die folgende Diagnose zu stellen: »Der Bürger Postel läßt eine deutliche Tendenz zur Spaltung der Persönlichkeit erkennen. Innerhalb von weniger als zehn Jahren hat er mit gleichem Eifer die Tätigkeiten eines Professors für Literatur, eines berufsmäßigen Agitators, eines Senators, eines Verschwörers und eines kleinen Kaufmanns ausgeübt. Im Alter von neunundvierzig Jahren, mit einem von alkoholischen Exzessen geschwächten Herzen, mit völlig verfetteten Muskeln, anormal hohem Blutdruck strebt er nach einer Großtat, die ein außergewöhnliches physisches Durchhaltevermögen verlangt. Allem Anschein nach handelt es sich um eine Überschätzung der Persönlichkeit, einen Verlust an Wirklichkeitssinn, eine bedauerliche Anpassung an das soziale Milieu und den Lebensrhythmus, die ihm unser Großer Elektrifizierer auferlegt hat. Als der Bürger Postel die Vorbereitungen für das Wettklettern sah, hat seine Neurose, die schon seit Jahren schwelte, eine Art Akzeleration erfahren, ein Phänomen, das in der Neurologie nicht unbekannt ist. Dieses plötzliche Verlangen, auf einen Baum phallischen Charakters zu klettern, und zwar vor den Augen einer feindlich gesinnten Menge, ist charakteristisch für diese Abart der Paranoia, die sich, wenn ihr die politische Betätigung verwehrt ist, wie es bei Monsieur Postel zutrifft, mit demselben Fanatismus auf den Sport, den Handel, die Kunst, das Spiel oder irgend etwas anderes wirft. Postel hat sich die härteste aller Sportarten ausgesucht, weil er über einen schon pathologisch zu nennenden Starrsinn verfügt. Diese übersteigerte Selbsterhebung, die ihm gestern weismachen wollte, er sei ein verkanntes Genie der Demokratie, treibt ihn heute dazu, unter dem Einfluß einer besonderen Mutation des Wahntriebes, als Sieger aus dem Wettkampf am Kletterbaum hervorgehen zu wollen.«

Darauf tauschten Dr. Primas und seine Kollegen im Beisein von Dr. Merdoie ihre Meinungen aus. Der Ausdruck feister und fröhlicher Genugtuung, der das Schweinegesicht des stellvertretenden SAFES-Ministers noch platter machte, gab Postel zu verstehen, daß seine Chancen, den Wettbewerb zu gewinnen, nach Ansicht der weißbekittelten Männer gleich null seien.

Als er das Militärkrankenhaus verließ, war es bereits sechs Uhr vorbei. Wieder auf der Straße, sagte er sich ruhig: Denk nun nur noch an dein Vorhaben! Auf dem Weg nach Tête-Bœuf gelang es ihm tatsächlich, alle Gedanken zu verscheuchen, die nichts mit der Anstrengung zu tun hatten, die ihn vom nächsten Tag an erwartete. Sein Geist und sein Körper waren ein einziges zugleich schmerzliches und fröhliches *Ja.*

Er betrat das Haus durch die Hoftür. Er zündete die Sturmlaterne an. Er schlüpfte aus den Schuhen in Sandalen. Er legte die Hose und das gute Hemd ab. Er zog sich ein Paar alte Shorts an und ließ den Oberkörper nackt in der lauen Dunkelheit. Er aß mit gutem Appetit. Während er kaute, trank er ein Gemisch aus Sirup, Bierhefe und Weizenkeimen dazu. Gegen acht Uhr saß er zusammen mit Maître Horace auf einer kleinen Bank im Hof.

Nachdem sich der Schuster Postels Bericht über seinen Aufenthalt im SAFES angehört hatte, sagte er: »Jetzt werden sie Himmel und Hölle in der Stadt in Bewegung setzen. Da gibt es für dich kein Zurück mehr. Etwas beunruhigt mich jedoch, Chef. Ich spreche nicht von den Eseleien des Dr. Primas. Ich mach mir Gedanken darüber, was die medizinischen Apparaturen wirklich über deinen Gesundheitszustand festgestellt haben. Fühlst du dich in Form?«

»Ich bin keine zwanzig und auch keine dreißig mehr. Ich bin nur noch der Schatten von dem Athleten, der ich einmal war. Aber wie dem auch sei, ich habe nicht das Recht, meine Chance zu verpassen. Das ist keine magische Handlung, keine übersinnliche Übung und auch keine spektakuläre Geste, die mir wieder, wie einst im Senat, das Gefühl geben soll, im Bann einer betörten Öffentlichkeit zu leben. Ich bin ein Mann, der eine Arbeit tut, das ist alles. Kann ich auf deine Unterstützung rechnen?«

»Aber gewiß, Chef, natürlich. Ich altes Gerippe werde deinen Steigbügelhalter machen.«

»Für die kommenden Stunden«, sagte Postel, »brauche ich jemanden neben mir, der Trainer, Masseur, Koch und Manager in einem ist.«

»Jemanden, der sich mit ganzer Hingabe für dich einsetzt.«

»Ja, jemanden, der meine Sache auch zu der seinen macht.«

»Du hast ihn, Chef. Gleich heute mittag, als ich bei deinen Worten begriffen hatte, daß dieser Baum der Weg ist, der dir bleibt, habe ich die Schusterei zugunsten des Unternehmens Kletterbaum an den Nagel gehängt. Ich habe nicht mehr gefragt: Wird ihm diese verdammte Stange irgend etwas einbringen? Ich begann zu handeln.

Ich bin schnurstracks zu drei braven alten Männern gegangen, die sich in ihren jungen Jahren mit Erfolg am Kletterbaum versucht haben. Es ist mir nicht schwergefallen, ihnen die Zunge zu lockern. Ihre Erfahrungen werden uns nützlich sein. Sie haben mir erzählt, wie wichtig Asche für einen Baumkletterer ist. Du mußt ständig Asche in Reichweite haben, um dir damit immer wieder Hände, Arme, Oberkörper, Kinn, Schenkel, Beine, Bauch, das heißt alle Körperpartien, die mit dem glitschigen Holz in Berührung kommen, einzureiben. Ich bin von Tür zu Tür gelaufen und habe schon drei große Säcke voll zusammen. Den Nachbarn habe ich erzählt, ein junger Verwandter von mir sei ganz versessen darauf, an dem Wettkampf teilzunehmen. Wir dürfen auch nicht vergessen, reichlich Zitronen zu beschaffen. Der Kletterer muß Zitronenscheiben kauen können, um sich Kehle und Mund zu erfrischen. Ich habe noch eine ganze Reihe anderer Kniffe von den Veteranen erfahren, die uns gute Dienste leisten werden. Was die Massage angeht, die sie uns ebenfalls wärmstens empfohlen haben, werde ich das übernehmen, sofern sich kein anderer dafür finden läßt. Am idealsten wären natürlich die Hände einer Frau; das soll Glück bringen, heißt es. Warte, da fällt mir was ein: hast du dir schon mal die Hände von *Sor* Cisafleur angesehen, der Bratköchin von gegenüber? Wohlgeformte Hände: kräftig, lang, sanft, kurzum, die klugen Hände einer Masseuse. Das heiße Fett, das ewige Schälen der Bananen und Kartoffeln haben sie weder hart gemacht noch verschandelt. Ich werde gleich heute abend mit Sor Cisa sprechen. Und noch ein wichtiger Punkt: Es müssen begeisterte Claqueure auf dem Platz sein, in der ersten Reihe der Zuschauer, wie beim Boxen. Nach Meinung ehemaliger Sieger hängt der Erfolg eines Baumkletterers zu 75 Prozent von seiner Körperkraft und seinem wilden Mut ab, zu 10 Prozent von der Menge der Asche, die ihm beim Klettern zur Verfügung steht, zu 5 Prozent vom Zusammenwirken von List und Glück, zu 10 Prozent von der Güte der Claqueure, die ihn in den Augenblicken der Entmutigung moralisch wieder aufrichten. Wie gefällt dir der Start deines Managers?«

»Du bist großartig, Maître Horace, einfach großartig!«

»Und das ist erst der Anfang. Morgen, wenn die

Nachricht von deiner Teilnahme in der Stadt rum ist, wird es möglich sein, noch mehr auf die Beine zu stellen. Eine Kommission von Tête-Bœufianern wird deine Interessen mit zweifellos mehr Phantasie und Sachkenntnis in die Hand nehmen als ein alter dußliger Schuster. Ich habe da auch schon meine Vorstellungen.«

»Der Gedanke ist ausgezeichnet, aber sei vorsichtig. Wenn Barbotog ahnt, daß ich hier auch nur die geringste Unterstützung finde, legt er Tête-Bœuf in Asche. Das SAFES hat seine Weisung nicht aufgehoben: ›Nichts Lebendiges oder Warmes in Postels Nähe.‹«

»Sei unbesorgt, Chef, wir werden schon unsere Vorsichtsmaßnahmen treffen. Diesmal brauchen sie unsere Augen, unsere Hände, unsere Stimmen, unsere Begeisterung für den Glanz ihres Festes. Du brauchst gar nicht so viel zu reden, Chef. Du mußt jetzt schön schlafen gehen.«

»Noch nicht. Da es nicht gar so warm ist, wird mir heute nacht ein bißchen Training guttun. Morgen früh werde ich mich schlafen legen. Und wenn ich zu Mittag noch nicht wieder auf den Beinen bin, wirst du mich wecken, Maître Horace, ja?«

»Du kannst dich auf mich verlassen, Chef. Und wann wollen wir mit der Massage beginnen?«

»Morgen abend, nach dem Baum. Sprich mit Sor Cisa darüber. Sie hat die richtigen Hände dazu. Und wenn nicht, werden es deine ebensogut schaffen. Du kennst dich doch mit altem Leder aus, oder?«

»Geht in Ordnung, Chef. Teil deine Kräfte gut ein. Dann bis morgen mittag.«

»Auf Wiedersehen und Dank für alles, Maître Horace.«

Henri Postel schlug die Straße zu den Höhen ein, die den Westteil der Stadt umgeben. Er trug eine verwaschene khakifarbene Hose, alte Tennisschuhe und einen leichten Pullover. Er versuchte sofort, seine Atmung dem Laufrhythmus anzupassen, aber sein Atem ging kurz und langsam. Sein Kopf war leer, sein Blick streifte über die Häuser und Menschen hinweg wie der Schatten eines großen blinden Fisches über sandigen Grund. Er umging die Erlöserkirche, die am Fuße der Berge lag, und begann den Aufstieg.

Die Nacht war hell und klar, der hohe Himmel voller

Sterne. Deutlich erkannte er vor sich den Pfad, der den Hang in Serpentinen hinaufführte, und die Bäume, die ihn säumten. Je höher er kam, desto schrecklicher trat die Zerstörung der Vegetation zutage. Der Morne-de-l'Hôpital war einst berühmt gewesen für seine Überfülle an Obstbäumen. Er erinnerte sich an die Kühle der Obstplantagen, die den Wanderer bis Fourmy begleitet hatte. Die einzigen Lichtungen waren die der Gehöfte, der Hütten, Koppeln und frisch bestellten Felder gewesen. Jetzt zeigten die kahlen Hänge dem Betrachter ihre Flanken mit den vorspringenden Knochen, die von Wind und Wetter gebleicht waren. Erosion und Abholzung sind für unsere Gebirge das, was für die Menschen die Zombifizierung ist.

In den Jahren vor seinem Weggang ins Exil war er oft bei Ausflügen mit Freunden diesem Pfad gefolgt. Sie kampierten ein, zwei Tage in Fourmy oder Umgebung, kauften sich an Ort und Stelle Gemüse und Obst, grüne Bananen, Maiskolben, Avogados, ein Huhn oder manchmal sogar ein Zicklein. Eine Bauernfamilie lieh ihnen Küchengerät, und sie bereiteten sich über Holzfeuer ein üppiges Festmahl. Sie aßen mit großem Appetit, eingehüllt in den Duft von gebratenem Fleisch, Pfeffer und Olivenöl, roten Rüben und frischgepflückten Mangofrüchten, vermengt mit würzigem Harz, das ihnen auf die windzerzausten Haare tropfte. Der kräftige Bergwind trug auch den Geruch von verbranntem Gras, von Dung, Hühnermist und umgebrochener Erde mit sich. Mittags, wenn sie schweigend aßen, oder abends, unter der Sternenpracht ausgestreckt, blickten sie auf die Stadt, die achthundert Meter unter ihnen in einer großen Talmulde lag, im Westen von dem funkelnden Golf von La Gonave gesäumt, im Osten vom Glitzern der Seen. Das Port-au-Roi der vierziger Jahre hob ihnen seine arglose Vertraulichkeit entgegen: die Kindheit, die Schule, das pulsierende Familienleben, die unendliche Wärme der Feste und Tanzvergnügen; den Karneval mit seinem ausgelassenen Treiben, das Leben, die Liebe, den Tod, eingeschrieben in die abgenutzten Mauern der Stadt, ihre Bäume und das alte Holz ihrer Häuser. Port-au-Roi breitete seine blinkenden Wellblechdächer vor ihnen aus, seine Grünflächen, das Gewirr Tausender und aber Tausender baufälliger Hütten, seine lärmerfüllten

Straßen, seinen Hafen, aus dem nur wenige Schornsteine und Segel ragten. Und doch war es schon eine vor Fliegen und Gemeinheit schwelende Stadt, bleich vor Staub und Schändlichkeiten.

Aber von den Höhen von Fourmy konnte man sie damals noch betrachten, ohne Ekel zu empfinden und ohne daß sich einem Magen und Kehle zuschnürten. An einem durchsichtigen Tag im Juli oder jedem anderen Monat des Jahres konnte man Port-au-Roi in dem spiegelnden Flirren der Hitze an sich ziehen und die Alpträume und Mythen befragen, die die neokoloniale Geschichte in das Holz und die Steine der Stadt gemeißelt hatte. Noch keine stumme, vom Terror gebrochene Stadt, erschloß sie einem bereitwillig ihre geheimsten Mythologien. Ihre alte Negertraurigkeit antwortete einem und ließ einen unter den Erinnerungen wählen. Wenn einen das Verlangen packte, konnte man behutsam unter das kühle Linnen seiner Kindheit schlüpfen. Der Bois-de-Chêne-Fluß, der durch die Stadt floß, sah für gewöhnlich aus wie eine schlangenförmige weiße Narbe; aber nach den Regenfällen belebte er sich wie ein junges Mädchen nach seiner Regel. Wenn man die Stadt aus der Höhe überblickte, entdeckte man hier und da in ihrer Blässe und Niedergeschlagenheit kleine Inseln der Sicherheit und Frische. Es war, als wäre man unter dem herzbeklemmenden Widerschein der Tage, unter der Lebensangst auf schattige Zonen gestoßen, in denen die erschöpfte Phantasie Blumen und Hoffnung gedeihen lassen konnte. Noch der ärmste Städter hatte die Freiheit, so seine Stadt zu öffnen und sich über ihren dunklen Schoß zu beugen, in dem er bescheidene Schätze fand, die noch nicht von Bosheit und Erniedrigung ausgeplündert worden waren. Jetzt siehst du, was der Geist des SAFES aus deiner Stadt gemacht hat, einen geschlossenen Stromkreis des Unrechts, wimmelnd von Übergriffen und Veruntreuungen, zerfressen von Schmach und Bedrückung, eine winzige zugesperrte Welt von Elektrifizierern der Seelen. Du hast ihr nächtliches Antlitz vor dir, das ebenso verwüstet aussieht wie ihr Tagesgesicht. Deine Schwermut wandelt sich langsam zum Schwert...

Er setzte den mühseligen Aufstieg fort, zufrieden, an nichts weiter zu denken, einzig und allein mit seiner

Atem- und Lauftechnik beschäftigt. Als er Fourmy erreicht hatte, war er zwar schweißgebadet, Beine und Lunge aber waren nicht übermäßig geschwächt. Sein Herz schlug regelmäßig. Die frische Luft roch noch nach dem abendlichen Qualm der Räucherhütten und Kohlenmeiler. Er begann auf die nächtlichen Geräusche zu achten. Aus einem Baum ganz in der Nähe ertönte der Ruf einer Schleiereule. Dann hörte er auf einer unweit gelegenen Koppel ein Pferd wiehern. Das Tier selbst konnte er nicht sehen, nahm seine Anwesenheit jedoch an dem leicht widerwärtigen Geruch nach getrocknetem Schweiß wahr. Er setzte sich am Wiesenrand ins Gras. Nach und nach gewöhnten sich seine Augen an die Dunkelheit: er erblickte nun auch das weidende Pferd; es rupfte geduldig die spärlichen Grashalme ab und zerrte dabei an dem Halfter, das es unnützerweise um den mageren Hals trug. Von fern, von der Straße nach La Boule oder Boutillien, vernahm er eine Hupe und dann das Schalten eines Lastwagens an einer Steigung. Er blickte sich begierig um. Erneut lag ihm Port-au-Roi zu Füßen: seine Stadt mit ihren armseligen, trügerischen Lichtern, ihren ausgefahrenen, verwahrlosten Straßen, wo jeder Meter weichgewordenen Asphalts Lüge und Verbrechen ist. Da liegt deine verpestete Stadt, in der alles alt, reptilienhaft, aussätzig ist, die Safeso-Zacharianische Hauptstadt deines Vaterlandes. Sieh das Schattenmassiv der Place des Héros am Rande der hellerleuchteten Zone des Palastes und der Kasernen. Du kannst den kahlen Baum nicht erkennen, der dich mit der unheilverkündenden Beharrlichkeit seiner Schmiere anlockt. Er erinnert sich schon nicht mehr an den Wind und die Sonne, weder an den Sang des Regens und der Vögel in seinem Laub noch an das fröhliche Kreisen der Säfte unter seiner Rinde. Von der mesopotamischen Plastik bis zum Zöllner Rousseau oder zu Wilson Bigaud – ist der Baum nicht überall die lebendige Stütze, die den Kosmos ohne Unterlaß regeneriert? Wo hast du das gelesen? In einer Abhandlung über das Holz des Kreuzes? Der skandinavische Yggdrasil. Der *mapou* der Karibik – Ceiba pentendra L. –, der des Nachts die Kraft besitzt, weit zu wandern, um Kranke zu heilen. Die Epiphanien unserer *loas* in den Bäumen. Der Baum der alten Frühlingsfeste in Europa. Der Freiheitsbaum der Französischen Revolution. Der schwedische may stanger. Die Baumhochzeiten Indiens. Ist seine Placenta nicht unter einer kleinen Kokospalme vergraben worden? Verbundenheit zwischen Menschen und Bäumen? Hast du diesen Berg bestiegen, um dich in Postel-metaphysischen Predigten über den Symbolwert der Bäume in der Weltkultur zu ergehen? Morgen hast du es mit einem sehr gegenständlichen Baum zu tun. Er steht da vor dir. Du kannst seinen klebrigen Schatten schon an deinen Händen und in deinem Gesicht spüren. Du bist noch zu sehr von dem Individuum Postel angefüllt. Viel zu sehr verstrickt, in drei Teufels Namen, in deine kleinen Besonderheiten, deine Fehler, viel zu sehr persönlich verletzt von der Not dieses Landes und dem Leid, das es auf Erden gibt. Im Augenblick zählt nur eins: du bist hier ohne allzu große Erschöpfung heraufgestiegen, ohne daß dir Beine, Rücken, Schultern allzu steif geworden sind. Bloß dein Atem muß leichter gehen.

Er stand auf, grätschte die Beine und begann fröhlich mit seinen Atemübungen. Er holte tief Luft, pumpte die Frische in seine Lungen. Nach ein paar Minuten überschwemmte ihn eine Woge der Euphorie. Seine Bewegungen wurden immer geschmeidiger. Er dehnte den Brustkorb bis zum äußersten. Nach jedem Einatmen hielt er die Luft eine Zeitlang an, spannte den Leib und zählte bis zehn. Dann atmete er im gleichen Rhythmus wieder aus. Er atmete ein, schob den Bauch vor, zog ihn so weit wie möglich ein und drängte die Luft schließlich in die obere Lungenpartie. Ich nähre mein Nervengeflecht mit der jungen, reinen Luft der Freiheit. Ich verleibe meinem Blut die Lebenskraft ein, die hier in verschwenderischer Fülle vorhanden ist, ich stoße den alten giftigen Kolonialatem aus ... Schluß mit der Komödie. Es reicht. Jetzt kannst du der Stadt zurufen: Wir beide, der nackte, eingeschmierte Baum, wir beide, der von der Welt mit Blut befleckte Baum, wir sind Brüder im Leben wie im Tod.

Ein paar Stunden später saßen die beiden Männer erneut zusammen. Postel war gegen zwei Uhr morgens zurückgekommen. Nach der Anstrengung des Trainings hatte er tief und fest durchgeschlafen. Ein paar Minuten vor

Mittag war er wach geworden. Er hatte rohe Eier zu sich genommen, Orangensaft, Sirup und ein kurzgebratenes Steak. Bei seiner Rückkehr hatte er an seiner Tür einen Korb mit Lebensmitteln vorgefunden, dazu ein paar Zeilen von der Hand des Schusters. Jetzt hatte der Nachbar verschiedene Zeitungen mitgebracht.

»Gut geschlafen, Chef?«

»Wunderbar. Was gibt es Neues?«

»Die in der Regierung haben völlig den Kopf verloren. Noch nie haben sie sich dermaßen lächerlich und gemein aufgeführt.«

»Erzähl, Maître Horace.«

»Am Abend hättest du bloß mal die *Siegreiche Stimme des Safeso-Zacharismus auf dem Marsch* hören sollen. Bigarol und der kleine Méro haben ihre üblichen Eseleien noch nie mit solchem Grimm ins Mikrophon gekläfft. Lies nur die Schlagzeilen in den Zeitungen: ›Das Mulattentum von Tête-Bœuf wird nicht siegen‹, heißt es im *Safeso-Zacharianischen Kurier*. ›Nichts Lebendes oder Warmes in Postels Nähe‹, verkündet *Der Neue Abend. Der Morgen von Port-au-Roi* geifert: ›Das zacharianische Negertum verwandelt sich in reißende Tiger, die Monsieur Henri Postel heute nachmittag auf der Place des Héros erwarten!‹«

»Was sagt die Ente von Barbotog?«

»Warte, hier: acht Spalten in den *SAFES-Nachrichten*: ›Der unbekannte Negersklave unserer Geschichte legt eine Rüstung aus Schmiere an, um den alkoholisierten Anarchismus von Tête-Bœuf niederzuwerfen!‹«

»Das ist ja der schönste Irrsinn, Maître Horace.«

»Ja, die besten Federfuchser der Zookratie sind zum Kampf angetreten: der Leitartikel des *Kuriers* stammt von Sam Daumac. Gesner de Casaldiol zeichnet für den Leitartikel in seinem Revolverblatt verantwortlich. Barbotog hat dich Albin Cléophas zum Fraß vorgeworfen.«

»Was ist das für ein Typ?«

»Der Zuhälter vom Fremdenverkehr, Barbotogs ehemaliger Privatsekretär.«

»Lies mal vor.«

»Wozu denn, das bringt dich nur in Rage. Dafür ist jetzt nicht die Zeit.«

»Tu's trotzdem!«

»Mit wem soll ich anfangen?«

»Mit Daumac.«

»Also dann höre:

›Seit dem Machtantritt Seiner Erhabenheit des Dr. Zookrat Zacharias hat das Große Zacharianische Reich keine so feierlich-dramatischen Augenblicke mehr durchlebt wie die, die seit gestern nachmittag der bevorstehende Kampf am Kletterbaum verspricht. Gewiß hat es unserer Negergemeinschaft in den vergangenen zehn zacharianischen Jahren nicht an heftigen Erschütterungen gefehlt. Dieser Schlag indessen, ein seismisches Ereignis, das in drei Akten das Kampffeld der Nation erschüttern wird, ist historisch-kultureller Natur.

Gestern abend im Türkisblauen Salon des Palastes versammelt, sind wir, die engsten Vertrauten des Obergeistlichen, vor Rassenstolz erschauert, als seine prophetische Stimme der Nachwelt die Parole des Tages einhämmerte: ›Der Pseudoliberalismus der Mulatten darf nicht siegen!‹

Erneut wird die soziale Frage aufgegriffen, und die Fratze des Klassenkampfes wird ihre ewige Form eines Hautfarbenvorurteils annehmen. Für den, der die Geschichte unserer Insel kennt, symbolisiert dieser Kletterbaum von nun an die Macht des Schwarzen Mannes, des einstigen Negersklaven mit den roten Augen, schwarzglänzend wie Ebenholz, durch drei Jahrhunderte Sklaverei blankgeputzt, rauh, dicklippig, brutal, häßlich, schmierig und wollüstig, wild und phallisch, emporgeschleudert aus den fürchterlichen Tiefen der Glut sozialer Ungerechtigkeit.

Dieser mit dem Leid der schwarzen Rasse eingestrichene Baum faßt den Leidensweg zusammen, der von Pont-Rouge bis Zookrat Zacharias, von der Nationalpartei zum Staatlichen Amt für die Elektrifizierung der Seelen führt. Dieser Kletterbaum des 22. Oktober ist die zusätzliche Symbiose des Safeso-Zacharismus und der Elektrifizierung der Seelen! Er ist die überwältigende Huldigung, die der Führer der Dritten Welt, der den Namen des elften kleinen Propheten aus der Bibel trägt – klein lediglich von Statur –, dem Unsterblichen Unbekannten Neger unserer Geschichte erweist.

Mit angelegter Maschinenpistole also wird der Staats-Baum den rasselosen Neger empfangen, dessen Worte und dessen Haltung schon immer den Gestank der Unaufrichtigkeit, der Heuchelei, des Rassismus und mulattischen Liberalismus an sich gehabt haben, getreu einer jahrhundertealten schamlosen Tradition von antischwarzen Lügen und Machenschaften. In dem plötzlichen Entschluß Henri Postels, zusammen mit Halunken seines Schlages den Kletterbaum bezwingen zu wollen, liegt etwas Ungesundes, ein muffiger Geschmack von Verderbtheit, ein pathologischer Drang zum Klassenhaß, eine lumpige Gesinnung von Konspiration, Boshaftigkeit, Duplizität und Komödie, die den Versuchen des Dr. Leo Primas ein unbegrenztes Feld von Möglichkeiten einräumt. Der Rassismus von Tête-Bœuf wird nicht siegen!‹

Was sagst du nun, Chef?«

»Das stammt ofenwarm aus dem berüchtigten *Handbuch für die Elektrifizierung der Seelen.* Wenn man so etwas hört, wie sollen einem da nicht Haß und Wut einen mörderischen Abgrund in die Seelen fressen?«

»Beruhige dich, Chef.«

»Ich habe stets auf Rassenvorurteile geschissen.«

»Chef, ich bitte dich, vergeude deine Kräfte nicht!«

»Vor meinen Augen ist die einzige Frau, die ich je geliebt habe, gefoltert worden. Sie haben ihr den Leib aufgeschlitzt und an die Stelle des Babys, das sie seit sieben Monaten trug, einen dicken roten, herausgeputzten Hahn hineingetan. Später hat sich Barbotog ein Vergnügen daraus gemacht, seine Zigarren an den nackten Brüsten meiner ältesten Tochter auszudrücken. Unsere anderen Kinder sind gleich an der Haustür niedergemetzelt worden, zusammen mit meiner Leibwache. In der gleichen Nacht, du weißt es, haben sie meine Anhänger überall im Land zu Tausenden abgeschlachtet, ohne Erbarmen. Manche wurden bei lebendigem Leibe zusammen mit schweren Steinen in Sisalsäcke gesteckt und aus einem Hubschrauber in den Golf geworfen. Und was unternehme ich fünf Jahre nach all diesen entsetzlichen Greueln gegen die Zookratie? Weiter nichts, als auf einen verfluchten Kletterbaum zu steigen! Und da verlangst du von mir, daß mich das nicht ankotzen soll? Mir tut es um die Schüsse leid, die ich nicht abgefeuert habe und die auch kein anderer für mich abgefeuert hat. Schande über uns! Wir sind alle in der gleichen Verfassung: wir liegen auf Eisschollen, mit verschränkten Armen, leeren Händen, den Verstand vom Schnaps der Resignation getrübt. Ich gebe dem kanadischen Seemann, der mich an Bord bringen wollte, schon recht: auf dieser Inselhälfte bleibt einem nichts weiter übrig, als die Kokospalmen des Animismus hochzuklettern.«

»Du bist besser als deine lästerliche Wut. Ich hätte dir das Geschmiere von dem Daumac nicht vorlesen sollen. Schon heute nachmittag werden sie erleben können, welchen Gebrauch ein Mann, der leidenschaftlich darauf brennt, ein ganzer Mann zu sein, von seiner Kraft machen kann, auch wenn er allein ist. Bewahre deine Wut hübsch kühl in deinem Herzen, Chef!«

»Werde ich sie nötig haben, um mir damit auf meinem Mast aus der Patsche zu helfen?«

»Ja, natürlich. Du hast nur deine bloßen Hände. Aber dein Herz ist fest und empfindsam geblieben. Ist das nicht eine Kraft, die weiter reicht als große Ausbrüche?«

»Nehmen wir mal an, es stimmt. Und wer in diesem Land ist bereit, das zu nutzen?«

»Dein Volk, Chef. Es liegt in deiner Macht, ihm die Augen zu öffnen. Hast du sie mir denn nicht auch geöffnet?«

»Danke, alter Junge. Meine Wut ist schon verraucht. Ich bin ganz ruhig. Du hast recht: ich muß meine Empörung hübsch kühl im Kopf bewahren.«

»Wenn du ein einziges Wort von dem glaubtest, was du gesagt hast, hättest du dem Moutamad bestimmt die Kehle durchgeschnitten.«

»Und wäre mit Zaster getürmt.«

»Jetzt wärst du schon auf hoher See.«

»Auf der Fahrt zu einem hübschen Versteck in Kanada.«

»Aber du bist nicht gefahren, Chef.«

»Ich bin geblieben, nicht wahr? Wie hat Tête-Bœuf die Nachricht eigentlich aufgenommen?«

»Darüber wollte ich gerade mit dir sprechen.«

»Erzähl schon, Maître Horace«, sagte Postel, schon ganz zufrieden.

»Stell dir vor, du warst gestern abend kaum fort, als Sor Cisa zu mir hereingestürzt kam, bei all ihrer Schwerfälligkeit aufgeregt wie eine Stute in einem brennenden Pferdestall.

›Was ist denn an dieser Geschichte nun wahr?‹ hat sie gesagt. ›Die Leute erzählen, daß Senator Postel am Wettklettern teilnehmen will. Das stimmt doch nicht, oder?‹

›Doch, haargenau, Sor Cisa‹, habe ich ihr geantwortet. ›Unser Nachbar hat sich entschlossen, sein Glück zu versuchen.‹

›Das ist aber eine komische Idee, findest du nicht?‹

›Ganz und gar nicht‹, habe ich erwidert. ›Was hält man denn in unserem Viertel davon?‹

›Keiner glaubt an die Märchen aus dem Radio. Aber was will denn Senator Postel auf diesem Mast? Hast du nicht versucht, ihm das auszureden?‹

›Doch, aber vergebens‹, habe ich ihr geantwortet. ›Henri hält an seinem Plan fest. Und damit du es weißt, Sor Cisa‹, habe ich gesagt, ›ich selber bin auch der Meinung, daß er auf diesen Mast klettern soll.‹

›Wenn es kein Geheimnis ist, kannst du mir dann verraten, warum er es tut?‹

›Jetzt im Augenblick‹, habe ich ihr geantwortet, ›kann ich dir bloß das eine sagen: Henri Postel muß an diesem Wettkampf teilnehmen, das ist alles.‹

›Wenn dieser Mast ein wichtiger Weg in seinem Leben ist, dann denke ich doch, daß er nicht allein hochsteigen wird, was?‹

›Das Mastklettern, Sor Cisa, ist kein Mannschaftssport. Wie für den Boxer, der im Ring steht, heißt die Regel: jeder für sich allein.‹

›Und Gott für uns alle, nicht wahr?‹

›Wenn du meinst, daß er sich auch mit Sport befaßt, habe ich nichts dagegen: Gott für uns alle!‹

›Aber es gibt nicht nur den lieben Gott, der sich um unsere Angelegenheiten kümmert‹, hat sie gesagt.

›Sicher, da ist auch das SAFES!‹

›Natürlich, das SAFES‹, hat sie gerufen. ›Aber daran denke ich nun gerade nicht.‹

›Woran sonst‹, habe ich gefragt, Chef, aber gleich gemerkt, worauf sie hinauswollte.

›Hör zu, Maître Horace‹, hat sie gesagt und ihren Blick auf mich gerichtet, der plötzlich hart und fragend war, ›da du mit dieser Erde verwurzelt bist, mußt du wissen, woran ich denke. Wird der Senator nicht an einem Baum hochklettern?‹

›Wenn dieser Mast‹, habe ich erwidert, ›tatsächlich ein Baum gewesen ist, so ist er jetzt, gefällt, seiner Wurzeln beraubt, über und über mit Schmiere eingeseift und vermummt, nur noch der Leichnam einer Tanne oder eines riesigen Feigenbaumes, ein unkenntlicher Überrest.‹

›Red keinen Unsinn!‹ hat sie schlechtgelaunt gerufen, ›man braucht doch nur mit dem Fingernagel an dem Stamm zu kratzen, um unter der Schmiere das lebendige Holz zu finden.‹

›Man braucht auch nur die Haut von Zacharias aufzuscheuern, um auf richtiges Menschenblut zu stoßen. Gehört unser Obergeistlicher deshalb zur Gattung Mensch?‹ habe ich zurückgefragt.

›Der Vergleich hinkt‹, hat sie mit abfälliger Grimasse gemeint. ›Ein Baum bleibt immer ein Baum, auch ohne Wurzeln und Zweige, er bleibt ein lebendes Wesen, das aufrecht gewachsen ist, ein Ruhealtar für andere lebende Wesen, die seiner Liebkosung und seines Friedens bedürfen. Begreifst du nun, du Dickschädel von Schuster?‹

›Ein eingeschmierter Baum‹, habe ich geantwortet, ›ist für den, der ihn bezwingen muß, fast so etwas wie ein Mitglied des SAFES.‹

›Schon möglich‹, hat sie gesagt. ›Aber die Tatsache, daß der Baum mit der Erde, dem Licht, dem Wind, dem Regen und dem Gesang der Vögel verbunden gewesen ist, gibt doch die Möglichkeit, mit dem Geist seiner Kindheit zu sprechen, auch wenn er schmieriger ist als einer von Barbotogs Spitzeln. Na, Maître Horace‹, hat sie mir ins Ohr geflüstert, ›was hältst du in dieser Angelegenheit von Papa-Loko?‹

›Von wem?‹ habe ich gefragt, obwohl ich sehr wohl verstanden hatte, Chef.

›Du stammst von dieser Insel und weißt nicht, wer Meister Loko ist? Und hast auch noch nie von König Oloko-Miroir gehört? Oder von Azagou Loko? Oder von Loko Kisigwe Danyiso?‹

›Glaubst du, ich bin vom letzten Regen übriggeblieben?‹ habe ich da gesagt. ›Ich weiß sehr gut, von wem du redest. Aber ich sehe ehrlich gesagt nicht recht, was Papa-Loko mit dem Klettern auf einen eingeschmierten Mast zu tun hat.‹

›Ach, Maître Horace‹, hat sie geseufzt, ›dieses Land

muß ja verloren sein, wenn ein Schuster aus Tête-Bœuf zwischen Azagou Loko und einem eingeschmierten Kletterbaum keinen Zusammenhang sieht. Ich schäme mich richtig für dich. Du bist ja begriffsstutziger, als ich dachte!‹

›Dann klär mich doch mal auf, Sor Cisa‹, habe ich erwidert.

›Wie oft muß man es dir denn noch sagen‹, hat sie geantwortet, ›daß ein Baum, der mit der Sonne und dem Tau verbunden war, und selbst wenn Menschenhände aus ihm einen *poteau-mitan*, ein Kreuz, einen Pfeiler, einen Schiffsmast, ein Bett, eine Tür, einen Stuhl, einen Pflug oder auch nur einen bescheidenen Blindenstock oder eben einen Kletterbaum gemacht haben, durch sein gerechtes Holz der Gerichtsbarkeit des Königs Oloko-Miroir unterstellt bleibt!‹

›Ein Baum‹, habe ich gesagt, ›ist also so etwas wie eine Brücke der Gemeinsamkeit zwischen dem Tierreich und dem Pflanzenleben?‹

›Es ist ein lotrechter Weg‹, hat sie geantwortet, ›der Weg von Papa-Loko, Anführer des Gefolges von Atibon-Legba, dem Fürsten der Straßen und Wegkreuzungen. Wie kannst du zulassen, Bruder, daß sich ein Mensch, den du liebst, ohne die Mithilfe Papa-Lokos auf einen so glitschigen Weg wagt?‹

›Hör mir mal zu, Sor Cisa‹, habe ich geantwortet. ›Unser Nachbar braucht vor allem eins: er muß den Willen seines Herzens spannen wie den Bogen eines Meisterschützen. Aber wenn du in Loko einen Kraftquell siehst, der Postel hinaufhelfen könnte, habe ich nichts dagegen einzuwenden. Ich bin bereit, mir deine guten Ratschläge anzuhören und sie unserem Chef sofort weiterzusagen.‹ – Was meinst du dazu, Henri, habe ich nicht recht daran getan, so mit ihr zu sprechen? Ich konnte Sor Cisa doch nicht die Ursprünge der Baumsymbolik und der Erneuerungsriten erklären; oder ihr einen Vortrag über, was weiß ich, *die objektiven Gesetze von Natur und Gesellschaft oder die neokolonialistischen Strukturen des Safeso-Zacharianischen Staates* halten oder etwas in der Art, nicht wahr?«

»Du hast recht getan, Maître Horace«, sagte Postel. »Du hättest nichts damit gewonnen, Sor Cisa unsere Art, die Dinge zu sehen, mir nichts, dir nichts an den Kopf zu werfen. In der Welt ihrer Vorstellungen gibt es zwischen einem Baum, einem Menschen, einem Pferd, einem Riff, einem Tiger, einem Wirbelsturm oder einem Staat keine Grenzen. In ihren zaubergewohnten Augen sind das Sumpffieber, geschäftliche Flauten, die Dürre, Präsident Zacharias, Überschwemmungen, der SAFES-Terror mit denselben bösen Einflüssen verknüpft. Durch materialistische Abhandlungen werden wir unsere Heiden nicht zu Staatsbürgern machen.«

»Und schon gar nicht dazu bringen, daß sie nicht mehr auf die Hilfe von Legba, Papa-Loko, Erzili und den anderen Voudou-Göttern vertrauen...«

»Wir müssen unser Land so nehmen, wie es ist. Wir müssen uns selber eine bessere Verwendung für das Ungestüm einfallen lassen, das in Trancen und Besessenheitsanfällen vergeudet wird. Wenn wir unsere Landsleute zum Tätigsein ermuntern, werden sie ja mehr als einmal Gelegenheit haben zu sehen, daß ihr Schicksal von ihnen selbst abhängt und nicht von der Gemeinsamkeit zwischen den Menschen und dem Pflanzenreich. Je eher sie das begreifen, um so besser wird es für uns alle sein. Was hat Sor Cisa denn darauf erwidert, erzähl mal«, sagte Postel.

»›Ohne Papa-Lokos Hilfe‹, hat sie hinzugefügt, ›wird es Henri Postel nicht schaffen, schon gar nicht in dem Zustand, in den sie ihn versetzt haben. Weißt du überhaupt, welche Rolle Loko in der Geschichte dieser Insel gespielt hat? Er hat Dessalines in allen Kämpfen des Unabhängigkeitskrieges eigenhändig beschützt. In den Hinterhalt von Pont-Rouge ist der Führer der Revolution nur deshalb gefallen, weil Papa-Loko ausgerechnet an diesem 17. Oktober nicht an seiner Seite war. Er hatte sich am Tag zuvor in geheimer Mission in die Südprovinz aufgemacht, wo eine Verschwörung angezettelt wurde, und die Feinde des Generals nutzten das für ihre abscheuliche Untat aus. Sogar Simón Bolívar erflehte 1816 in Jacmel auf Anraten von Thomas Christ und seiner Schwester Sinta die Hilfe Papa-Lokos, der sich auf all seinen Feldzügen enger als ein Schatten an ihn heftete. So ist Bolívar dann auch in seinem Bett gestorben, nachdem er alles vollbracht hatte, was er vollbringen mußte. Loko kann nach Wunsch die Gestalt eines Chamäleons, eines Klettervogels, einer Eidechse, eines

Schmetterlings oder die des Schattens einer Frau, eines Kindes, eines Mannes annehmen. So, nun hast du eine Vorstellung von der Hilfe, die Senator Postel bei den Prüfungen, die vor ihm liegen, von Papa-Loko erwarten kann. Alles trifft sich gut: Ich kenne hier in Tête-Bœuf ein gutes *Pferd* von Loko. Der Mann ist überdies ein Bewunderer Postels. Wir können Papa-Loko noch diese Nacht anrufen!‹

›Diese Nacht nicht‹, habe ich gesagt. ›Unser Freund ist zum Training unterwegs. Er wird müde nach Hause kommen. Lassen wir das bis morgen abend, bis nach dem ersten Durchgang am Kletterbaum. Postel muß, wenn er zurückkommt, auch gut massiert werden. Wir haben gedacht, daß du die richtigen Hände dafür hast!‹

›Was weißt du schon von meinen Händen?‹ hat sie geantwortet. ›Vor Jahren, das will ich nicht bestreiten, waren sie gut dafür und für manches andere auch noch. Schau mal, wie sie jetzt aussehen. Taugen nicht mehr viel, die Pfoten. Aber warte, mir kommt da eine Idee: ich weiß eine, die hat die passenden Hände für so einen Mann. Ah, und was für welche!‹

›Und wer ist das?‹ habe ich mißtrauisch gefragt.

›Glaubst du, ich wäre imstande, Senator Postel von Gottweißwem berühren zu lassen?‹ hat sie gesagt. ›Es ist Elisa Valéry, meine Cousine. Sie ist eine Berghortensie mit herrlich gewachsenen Händen. Morgen abend wirst du sie zu Gesicht bekommen‹, hat sie gesagt und mir spitzbübisch zugezwinkert. Dann ist sie gegangen.«

»Nach allem, was ich höre, hast du ein richtiges Komitee zur Verteidigung meiner Interessen gebildet«, sagte Postel. »Außer dir ist da Sor Cisafleur, Papa-Loko und die frische Hortensie aus den Bergen!«

»Da sind auch noch andere, Chef. Es ist bald Zeit für dich, daß du dich auf den Weg machst. Es ist besser, wenn wir getrennt hingehen. Auf dem Platz erwarte ich dich dann mit der Asche und den Zitronen.«

Henri Postel traf kurz vor vier auf der Place des Héros ein. Die Stadt war dort schon versammelt. Die Menge bildete eine dichtgedrängte Masse um den Kletterbaum, auf dessen Spitze eine Art metallischer Dreifuß ragte, der in der Nachmittagssonne des Oktober glänzte. Aus der

Ferne sah das Gebilde, das Barbotog in letzter Sekunde hatte anbringen lassen, einem Hakenkreuz zum Verwechseln ähnlich.

Als Postel das Menschengewimmel erreichte, traten die, die ihn erkannten, aufgeregt zur Seite, um ihn durchzulassen. In Windeseile verbreitete sich sein von Mund zu Mund geflüsterter Name über den Platz, und Tausende von Blicken versuchten ihn zu erspähen. Postel ging festen Schrittes, mit hocherhobenem Haupt, lächelte bald nach links, bald nach rechts, um die Grüße und Hochrufe zu erwidern. Er trug ein Paar ausgewaschene Jeans, ein altes kurzärmeliges weißes Polohemd und Ledersandalen; er wirkte natürlich und entspannt. Als er an der Regierungs-Tribüne vorbeikam, rief ihm jemand ein Schimpfwort zu, aber seine würdige, ernste Haltung machte diesen Beginn einer Provokation zunichte.

Um den Kletterbaum herum war ein mehrere Meter breiter Streifen freigelassen worden, wo auf der einen Seite der Tisch der Jury stand und auf der gegenüberliegenden eine Bank für die Teilnehmer. Ein Doppelspalier von Soldaten, mit Gewehren und Maschinenpistolen bewaffnet, trennte den Saum des Wettkampfplatzes von den ersten Reihen der Zuschauer. Ohne daß man ihn aufzuhalten versucht hätte, gelangte Postel durch die Absperrung und setzte sich auf die Bank, wo seine Mitbewerber bereits Platz genommen hatten. Alles war bereit. Man wartete nur noch auf Präsident Zacharias.

Nach einer Weile entstand am Südteil des Platzes Bewegung, gefolgt von Motorradgedröhn, Gehupe und Waffengeklirr: die Eskorte des Präsidenten näherte sich. Der Große Elektrifizierer der Seelen, einen Karabiner in der Hand, stieg aus dem Wagen und begab sich unter dem Jubel seiner Anhänger zum Ehrenplatz auf der Tribüne. Sofort erstarrte die Menge und lauschte der *Zacharianischen Hymne,* die von der Palastkapelle intoniert wurde.

Dann konzentrierte sich die gespannte Aufmerksamkeit der Menge auf den Umkreis, in dem der Wettkampf vonstatten gehen sollte. Man sah, wie Clovis Barbotog einen Augenblick mit den Mitgliedern der Jury beratschlagte, bevor er sich, verschiedene Papiere in der Hand, an die Mikrofone der Rundfunk- und Fernsehgesellschaften begab.

»Bevor ich Ihnen die acht Männer vorstelle, die zur Teilnahme am diesjährigen Kletterbaumwettbewerb zugelassen worden sind«, sagte Barbotog, »möchte ich einige Bemerkungen technischer Natur vorausschikken.

Bis zum gestrigen späten Nachmittag belief sich die Teilnehmerzahl auf sieben, eine ideale Zahl für einen Wettbewerb, der im Rahmen des fast schon rituellen Festes unseres SAFES stattfindet, nicht wahr? Aber in letzter Minute kam Monsieur Henri Postel in unser Büro, mit den verbrecherischen Absichten, die unsere Medien der Nation bereits bekanntgegeben haben. Wir haben die Herausforderung sofort angenommen, denn unser Großer-Doktrinär-auf-Lebenszeit ist nicht der Mann, der den Einzelkampf mit offenem Visier scheut, selbst wenn der Gegner, der ihn provoziert, ein ›umherirrender Neger‹ ist, ›ein armer Ritter von der traurigen Mulattengestalt‹, ein großer Liebhaber von Komplotten und Schnaps, der von seinen großmäuligen Prahlereien dazu herabgesunken ist, Steine der Unverschämtheit und Hinterlist zu werfen.

Also werden statt der vorgesehenen sieben Teilnehmer jetzt acht Männer vor Ihren Augen den Kletterbaum in Angriff nehmen, den der Große Wiedergutmacher Begangener Fehler seiner Untertanen in seiner strahlenden Eigenschaft als Oberster Lenker der Revolution, als Apostel der Nationalen Einheit, Führer der dritten und vierten Welt, Wohltäter der Armen und Prostituierten, Einziger und Unteilbarer Bannerträger, hundertprozentig Unsterbliches Wesen, kurzum, den Dr. Zookrat Zacharias geruht hat, in den Rang eines heuristischen Prinzips des Safeso-Zacharismus zu erheben.

Diese modernen Gladiatoren haben nun bis spätestens Sonntagabend Zeit, ihrem Großen Zacharianischen Reich und der ganzen Welt zu zeigen, wer von ihnen würdig ist, sich mit dem über alle Maßen ruhmreichen Titel eines Nationalhelden der Spiele anläßlich des Elften Jahrestages des SAFES zu schmücken.

In dem schönen Saffiankoffer, der auf der höchsten Stelle des Kletterbaums befestigt ist, wird der diesjährige

Sieger erst einmal einen Scheck vorfinden, halten Sie sich fest, einen Scheck über fünfundzwanzigtausend Dollar! Ah, Sie glauben, das wäre ein Scherz? Haben Sie jemals erlebt, daß Clovis Barbotog in Staatsangelegenheiten scherzt? Ich wiederhole also, einen fabelhaften Scheck über fünfundzwanzigtausend Dollar, die der Gewinner in Scheinen mitnehmen kann, welche grüner sind als der Rasen auf diesem Platz. Dann wird er die schönste Überraschung erleben, die ein hervorragender Bürger von einem großmütigen Staat zu bekommen verdient, und zwar in Form von Bekleidung und anderen Herrenartikeln von hohem Wert.

Zusätzlich zu diesen Siegestrophäen wird der Gewinner beim Öffnen des Koffers von einem Gerät portugiesischer Fabrikation geblendet sein, einem wahren Kunstwerk, das noch nie benutzt worden ist, denn Präsident Zacharias hat es erst vor einer knappen Woche als Geschenk von der Handelsdelegation des Generalissimus Tschiang Kai-schek erhalten, die zu einem offiziellen Besuch in unserer Hauptstadt weilte.

Eine alte Tradition verlangte, daß der Sieger des Kletterbaums unmittelbar nach seinem Erfolg ins Gefängnis geworfen wurde. Diese Sitte geht auf die Herrschaft der Cäsaren zurück. Damals wurde bei den Pferderennen, die am 15. Oktober auf dem Forum Romanum stattfanden, das Siegerpferd nach seinem Triumph geopfert, um so die Stadt zu läutern und vor Unheil zu bewahren. Diesmal wird es kein ›Oktoberpferd‹ im Zacharianischen Forum geben. Der Bezwinger des Kletterbaums wird befugt sein, eine Kriegswaffe zu tragen, einen unentbehrlichen Bestandteil der Ausrüstung eines *homo zachariensis.*

Die Abänderung, die wir der Institution des Kletterbaums angedeihen ließen, werden dem achten Teilnehmer der Konkurrenz nicht sonderlich gefallen, einem alten Märtyreraspiranten, der fieberhaft auf einen mehr als hypothetischen Sieg setzte, um uns zu zwingen, ihn als Missetäter zu inhaftieren. Möge er ein für alle Mal zur Kenntnis nehmen, daß er, wenn es ihm unglücklicherweise gelingen sollte, in diesem heroischen Wettkampf zu triumphieren, nur die Wahl hat, entweder die prächtige Uniform des SAFES anzuziehen oder sich eine Kugel durch den Kopf zu schießen.

Ich werde jetzt in alphabetischer Reihenfolge die Namen der acht Teilnehmer verlesen, ihr Alter, ihren Beruf und ihren Geburtsort. Wir ersuchen die Betreffenden, sich zu erheben, wenn sie an der Reihe sind, damit das Große Zacharianische Reich und die ganze Welt sie deutlich sehen können:

Muston Alphonse, 24 Jahre, Klempner, aus Fort-Liberté
Narbal Brévica, 26 Jahre, Dockarbeiter, aus Miragoâne
Sydnel Frérel, 23 Jahre, Elektriker, zur Zeit arbeitslos, aus Baradères
Pascal Joubert, 30 Jahre, Packesel, aus Nouvelle-Touraine
Thélisson Labédoyère, genannt Ti-Lab, 21 Jahre, Matrose, aus Anse-à-Foleur
Roger Lanoze, genannt Gros Roro des Bois, 30 Jahre, Hofarbeiter, aus Bombardopolis
Espingel Nildevert, 32 Jahre, Bauer, aus Morne-des-Commissaires
Henri Postel, 49 Jahre, Einzelhändler, aus Jacmel

Ich mache Sie darauf aufmerksam, daß der Kletterbaum, nach dem Durchschnittsalter der Teilnehmer zu urteilen, eine Angelegenheit der Jugend ist. Ein fast Fünfzigjähriger, mehr als verbraucht, kann hierbei nur die Palmen der Lächerlichkeit und des Hohns gewinnen. Dies gesagt, fordere ich Sie auf, meine Herren, das fairplay und die für diesen Sport geltenden Regeln strikt zu beachten.

Nun möge der von Ihnen den Wettbewerb beginnen, der sich am besten in Form fühlt!«

Bei diesen letzten Worten hatte Barbotog Postel nicht aus den Augen gelassen. Der Ex-Senator verzog keine Miene, während sich seine Mitstreiter unschlüssig ansahen. Die Photographen und Kameraleute traten ungeduldig von einem Fuß auf den anderen. Eine große Woge der Neugier lief durch das Publikum, das nun darauf wartete, wer von den acht Männern sich ans Werk machen würde.

Als erster erhob sich Roger Lanoze, genannt Gros Roro des Bois, und ging auf den Kletterbaum zu. Er war bei weitem der Stärkste der Gruppe, ein Koloß von wildem Aussehen. Er hatte ein richtiges Raubtiergesicht, hohe, gewölbte Backenknochen, eng beieinanderstehende, blutunterlaufene, große Augen, winzige Ohren, ein übertrieben eckiges, von einer geheimnisvollen Narbe durchkreuztes Kinn. Seine Haut war glänzend und von einem solchen Blauschwarz, daß es niemanden verwundert hätte, anstelle seines Gesichts plötzlich einen Raben zu sehen, der die Flügel ausbreitet. Gros Roro des Bois verharrte einen Augenblick am Fuße des Kletterbaums, um zu beten. Aus dem Publikum, das langsam unruhig wurde, rief jemand: »Nun, los, Gros Roro, worauf wartest du denn noch? Das Ding da wird dich schon nicht fressen.«

Gros Roro drehte sich wütend um. Der Grimasse, die seine Züge noch häßlicher machte, sah man an, daß ihm ein saftiges Schimpfwort an die Adresse des Spötters auf der Zunge lag. Aber die auf ihn gerichteten Blicke der Menge schüchterten ihn ein, und er schluckte die Schmähung herunter. Plötzlich zog er Schuhe, Hemd und Hose aus und stand nun mit bloßen Füßen und in khakifarbenen Shorts da. Aus den ersten Reihen der Zuschauer wurden Rufe laut. Die verschiedenen Partien dieses riesigen Körpers ergaben in ihrem Zusammenwirken ein bewundernswertes Ebenmaß und ließen zugleich die Kraft und das Durchhaltevermögen eines Riesen vermuten. Die Brust-, Delta- und Rückenmuskeln präsentierten sich in solcher Vollendung, daß man denken konnte, es müßte für den an schwerste Verrichtungen gewöhnten Roger Lanoze ein Kinderspiel sein, die Spitze des Mastes im Nu zu erreichen.

Die Bauchmuskeln des Mannes waren von unglaublicher Plastizität. Sein Leib war prachtvoll gefurcht von dem Muster der schrägen, geraden und gezackten Linien, die sich deutlich abzeichneten. In einer Gruppe stieg Gelächter auf, als ein Scherzbold die Bemerkung einwarf, daß sich Gros Roros Frau bei solchen Muskeln nicht den Kopf zu zerbrechen brauchte, wenn sie keine Leine für ihre Wäsche hätte.

Lanozes Muskelpakete machten nicht an seinem Rumpf halt: Die Muskulatur seiner Beine und Schenkel war die eines Diskuswerfers. Über dieser Vollkommenheit vergaß man das Verschlagene, Finstere in Roros häßlichem Gesicht. Viele Leute schlossen schon Wetten über ihn ab, noch bevor sie ihn überhaupt beim Angriff auf den Mast erlebt hatten.

Lanoze spuckte in die Hände und umfaßte den Stamm

wie ein Catcher den Hals seines Gegners. Seine langen Finger krallten sich in die Hülle aus geschmolzenem Talg. Dann stemmte er sich mit aller Kraft ab, um möglichst großen Schwung zu bekommen. Er versuchte, mit Lenden und Schultern nachzuhelfen, aber Hände und Füße gehorchten ihm nicht. Er ruckte immer stärker, doch vergebens. Er hing da wie ein Blutegel an der Flanke eines mythologischen Wirbeltieres.

»Weiter doch, Gros Roro! Was ist denn los mit dir?« rief man ihm zu.

»He, Freund der Wälder! Zeig mal, was du auf dem Kasten hast!«

»Faß ihn, Tiger von Bengalen!«

»Gib's ihm, Joe Louis!«

Die Leute lachten fröhlich. Der Riese war außerstande, auch nur eine einzige Bewegung zu machen, als hätte ihn eine Boa Constrictor umschnürt, die ihm einen Knochen nach dem anderen zermalmte, bevor sie ihn verschlang.

»Laß es gut sein, Lanoze«, sagte Dr. Merdoie, der Vorsitzende der Jury. »Diesmal wirst du nicht höher kommen. Mach Platz für den nächsten.«

Der Mann brauchte bloß die Beine zu strecken, um wieder festen Boden unter den Füßen zu haben. Gesicht, Oberkörper, Bauch waren mit Talg beschmiert, und er glitzerte in der Sonne wie ein Delphin in einem Bad von Olivenöl. Außer Atem und wütend ging er unter einem Regen von Spottrufen auf seinen Platz zurück.

»Der nächste dann«, sagte Dr. Merdoie.

Nach dem Versuch des Stämmigsten unter ihnen waren die anderen Mitstreiter ziemlich abgekühlt und bestürzt. Nur Postel blieb ruhig und gelassen. Narbal Brévica entschloß sich und lief mit den kurzen Schritten der Dockarbeiter aus dem Hafen von Port-au-Roi auf den Mast zu. Er riß die Arme hoch, um seine Anhänger, die ihn anfeuerten, zu grüßen. Obwohl kaum mehr als mittelgroß, hatte er sehr breite Schultern und überlange Arme. Er hatte ein rundes Gesicht, große Augen unter buschigen Brauen, eine kleine, platte Nase und ein spitzes Kinn. Nachdem er die Schuhe ausgezogen hatte, puderte er sich als erstes die Hände mit Asche ein, die er in Packpapier mitgebracht hatte. Er bekreuzigte sich feierlich und ging den Kletterbaum an. Aber obwohl er seine

Beine bog wie ein Reiter und ihm der Bizeps heraustrat, kam auch er nicht höher als Gros Roro. Auch er sah bald wie ein Schröpfkopf an einem Pfahl aus. Er versuchte es nicht länger, rutschte mit Anmut herunter und hinterließ so den Eindruck, daß er durchaus mehr zuwege bringen könnte.

Dr. Merdoies Stimme übertönte den Lärm der Kommentare.

»Der nächste Anwärter! Los! Etwas schneller! Der nächste!«

Pascal Joubert erhob sich zur gleichen Zeit wie Sydnel Frérel. Die beiden Männer standen sich unschlüssig gegenüber.

»Sie müssen sich schon einigen, meine Herren«, mischte sich Merdoie ein. »Laut Reglement ist es untersagt, als Gruppe hochzuklettern.«

»Also dann mach du weiter«, sagte Frérel zu seinem Mitbewerber. Joubert war ein massiger Mann, mit harten Zügen in dem plumpen, reizlosen Gesicht eines Waldnegers, jedoch die weit auseinanderstehenden flinken und fröhlichen Augen und der spöttische Mund, in dem drei Vorderzähne fehlten, machten sein Aussehen sympathisch. Er trat lächelnd und tänzelnd mit nackten Füßen an den Kletterbaum heran. Er steckte die Hände in die Hosentaschen und zog sie völlig eingepudert wieder hervor.

Anstatt nun aber wie seine Vorgänger ans Werk zu gehen, grätschte er die Beine erst einmal zur *en-garde*-Position der berufsmäßigen Kämpfer. Dann schlich er mit argwöhnischer Miene um den Stamm herum und runzelte dabei böse die Brauen, vollführte bald kleine Hüpfer, bald die Schrittkombinationen eines Fechters. Dieses unverhoffte Manöver belustigte die Zuschauer, ja sogar Präsident Zacharias. Barbotog, Moutamad und die anderen Würdenträger auf der Tribüne lachten schallend. Von diesem Erfolg ermutigt, umarmte Joubert den Mast und tat, als versetzte er ihm ein paar freundschaftliche Klapse auf den Rücken, als hätte er einen alten Kumpel wiedergetroffen, den er seit Jahren nicht mehr gesehen hatte. Der *Packesel* zog Clownsnummern ab, statt sich mit dem Hochklettern abzumühen. Die Zuschauer fanden immer weniger Gefallen daran. Schließlich wurden sie ärgerlich.

»Nun mach Schluß mit den Possen, Pascal!« rief einer. »Zur Sache!«

»Pascal zur Sache! Pascal zur Sache!« skandierten zahlreiche Stimmen nach einer bekannten Melodie.

Trotz dieses Geschreis gab Joubert seine Schauspielereien jedoch nicht auf. Er klammerte sich an den Stamm, stieß durchdringende Schreie aus und strampelte wie besessen mit den Beinen, als hinge er von der zwanzigsten Etage eines Hauses herab.

»Hören Sie, Joubert«, unterbrach ihn da Dr. Merdoie, »wir sind hier nicht im Zirkus. Ich fordere Sie auf, die Angelegenheit ernst zu nehmen.«

Sofort ging Joubert den Kletterbaum an. Sein Stil legte den Gedanken nahe, daß er, bevor er Gepäck auf den Dächern von Reiseautobussen verstaute, seinen Lebensunterhalt auf einer Kokospalmenplantage verdient haben mochte. Er wandte die Technik der besten Kokospalmenkletterer an. Er setzte die Füße mit der vollen Sohle auf, wobei er die großen Zehen abgespreizt hielt; mit den Händen packte er gleichzeitig den Stamm, ohne ihn jedoch eng zu umklammern. Die Arme blieben gestreckt, fast parallel zu den Beinen, so daß sein Körper zum Kletterbaum fast einen Bogen bildete. In dieser Haltung schaukelte er sich hoch, bis er fast drei Meter über dem Platz war. Mit derselben Leichtigkeit erreichte er unter dem Beifall des Publikums wieder die Erde.

»Der vierte Kämpfer!« rief Dr. Merdoie. »Jetzt sind Sie an der Reihe, Sydnel.« Aber der Mann stammelte schüchtern, daß er lieber noch etwas warten wolle.

Da stand Henri Postel auf. Er blickte sich in der Runde um und suchte Maître Horace, der ihm schon Zeichen gab. Er ging zu dem Schuster, der ihm behilflich war, sich Hände, Arme und Hals mit Asche einzureiben. Er zog die Sandalen aus und puderte sich auch die Fußsohlen, alles ohne Hast inmitten des Schweigens und der gebannten Blicke der vorne Stehenden.

»Und jetzt, negro-zacharianische Mitbürger«, rief Merdoie mit theatralischer Stimme, »wird Noah aus Tête-Bœuf dem zookratischen und zacharianischen Staat die Stirn bieten!«

Auf dem Platz herrschte die Stille eines Tempels. Die Leute hatten sich auf Kisten und Stühle gestellt, um besser sehen zu können. Kinder saßen ihren Eltern huckepack auf den Schultern. Trauben von Gaffern hielten die umliegenden Bäume besetzt. Auf der Tribüne plusterten sich der Große Elektrifizierer, Barbotog, die anderen Minister und die führenden Militärs auf, warfen sich auf ihren Sitzen mit feierlicher, großspuriger Miene in die Brust. Am Kletterbaum hatten Photographen und Kameramänner den Ordnungsdienst überrannt und schwirrten umher wie die Bienen um ihren Korb. Alle warteten auf Postels Auftritt.

Maître Horace und mehrere andere Zeugen merkten, daß sich Postel auf seinem Weg zum Kletterbaum Mühe gab, den festen, schwungvollen Schritt wiederzufinden, den er früher an sich gehabt hatte, wenn er zur Rednertribüne des Senats vorging. Aber der Gegensatz zwischen dem leidenschaftlichen Volkstribun mit den athletisch breiten Schultern von damals und dem aufgeschwemmten Mann, der sich schwerfällig, dickleibig, leicht vornübergebeugt bewegte, mit schütterem, grauem Haar, mit Augen voll zärtlicher Traurigkeit in dem zerfurchten Gesicht, war nicht zu übersehen. Und doch hatte er trotz seines bescheidenen Aussehens nichts von seinem männlichen Stolz verloren. In seinem Auftreten lag etwas, was seine Landsleute faszinierte. Diese Aura zog auch die Aufmerksamkeit von Claude-Marc Nidang, dem Sonderkorrespondenten einer Pariser Tageszeitung, auf sich, der sich in diesen Tagen anläßlich einer Reportage in Port-au-Roi aufhielt. Am Ende des Artikels, den er am Abend des 21. Oktober an seine Zeitung durchgab, entwarf er von Henri Postel das folgende Porträt:

» ...Unter den Bewohnern von Port-au-Roi, die ich nach ihrer Meinung über Monsieur Henri Postel befragt habe, hat mir ein Schuster namens Horace Vermont, den mir der Zufall in der Menge auf dem Platz bescherte, die erstaunliche Persönlichkeit des Ex-Senators am gescheitesten geschildert. Maßvoll und genau in seinem Urteil, besitzt Monsieur Vermont nach meiner Auffassung die seltene Gabe, in einer ›dritten Welt‹, die noch ganz von vernunftzerstörenden magischen Vorstellungen durchdrungen ist, klaren Kopf zu bewahren. Er kennt Postel gut, da er sein engster Nachbar in Tête-Bœuf ist, wohin Präsident Zacharias den Ex-Senator, weil er ihn als toten Märtyrer noch mehr fürchtete, vor fünf Jahren verbannt hat, um ihn hier bei kleinem Feuer schmoren zu lassen, in einem stinkenden Laden mit der höhnischen Bezeichnung ›Arche Noah‹.

Ich gestehe, daß ich ohne das Gespräch mit dem alten Horace in bezug auf Postel sehr vorsichtig hätte sein müssen, denn in diesem Land ist das öffentliche wie das häusliche Leben zumeist in eine unwirkliche Umgebung getaucht, die die abwegigsten Gerüchte und Phantastereien begünstigt. Henri Postel hätte ebenfalls ein Produkt dieser dramatischen Unwirklichkeit sein können.

Aber ich habe wahrhaftig keinerlei Grund, den Worten des Schusters zu mißtrauen, wenn er bekräftigt, daß der Mann, den er für seinen Chef und Freund hält, ein Führer ist, der absolut nichts mit den falschen Propheten gemein hat, die sich in den unzureichend entkolonisierten Ländern auf eine plebejische Demagogie stützen, in der die echten Übel, unter denen diese Länder leiden, ins Phantastische projiziert werden.

Gegen die Zacharias', Barbotogs, Somozas von heute, die Batistas, Trujillos, Pérez Jiménez' von gestern, die sich bis zum Widersinn als die inspirierten Retter aus der Not aufspielen oder aufgespielt haben, erheben sich aufgeklärte und mutige Männer wie Henri Postel. Dieser hat bereits mit der Abschlachtung seiner Familie und mehrerer Tausend seiner Anhänger für die Bemühungen bezahlt, den Glauben und die elementarsten Kräfte des Volkes dem ›Faschismus der Unterentwicklung‹ zu entreißen, um sie in das kollektive Erwachen umzulenken, das Hunger, Analphabetentum, Schrecken, Fatalismus, Aberglaube, Krankheit und andere ebenso archaische Mißverhältnisse wie diese sonderbare ›Doktrin von der Elektrifizierung der Seelen‹ besiegen wird, von der hier niemand weiß, was sie eigentlich bezweckt, ebensowenig wie man je erfahren wird, warum Dr. Zookrat Zacharias an diesem Oktobernachmittag auf die Idee gekommen ist, seine absolute Macht zu einem riesigen ›Papa-Phallus aufzurichten, der in seinem ruhmreichen Durchbruch zur Himmelsscheide der Freiheit die Palme und den Brotbaum herausfordert!‹ (*sic*), wie es in einer Lokalzeitung heißt ...

... An diesem Freitag, dem 21., am Vorabend des

›Glückstages des Safeso-Zacharismus‹, mußte man es einfach miterleben, wie sich Henri Postel von der Anklagebank erhob für das tödliche Duell mit dem Kletterbaum, der auf grausamste Weise mit Talg, Schweinefett, Seife und Gott weiß was noch eingeschmiert war ... Der Mann war ganz unbestreitbar von einer Aura umgeben, die die Zuschauer fast darüber hinwegtäuschte, daß der Ex-Senator mit seiner Physis eines Vierzigjährigen in der kleinen Gruppe der Männer, die an diesem befremdlichen Wettkampf teilnehmen, am wenigsten für diesen Kampf geeignet ist.‹

Die Leute von der Opposition interpretieren den ›postelischen Magnetismus‹ auf unterschiedliche Weise, je nachdem, welchem Glauben und welcher Hoffnung sie im Leben anhängen. Für die einen gibt es auch nicht den Schatten eines Zweifels daran, daß sich einer der mächtigsten *loas* des Voudou im Kopf ihres Idols eingenistet hat oder im rechten Augenblick einnisten wird, um seine Arme und Beine beim Klettern zu führen ...

Für andere, die mehr oder weniger strenggläubigen Katholiken, ist Postel ganz offenkundig von der Aura der Heiligkeit umgeben. Schließlich gibt es noch eine kleine Gruppe, zu der in erster Linie mein alter Schuster gehört, die den ›armen Ritter von der traurigen Mulattengestalt‹ nach vernünftigeren Gesichtspunkten beurteilen. Nach ihrer Meinung rührt das Faszinierende an Henri Postel ganz einfach daher, daß er fähig war, sich vom Grunde seiner Erniedrigung unerwartet zu einer solchen Reinheit und Festigkeit des Charakters zu erheben, daß er mit aller Leidenschaft nur noch eins in der Welt zuwege bringen will: siegen oder seine Haut an diesem irrsinnigen Kletterbaum lassen, den ihm ›die Magie des Safeso-Zacharianischen Staates‹ über seinen Lebensweg geworfen hat.

Wenn der alte Horace, der notgedrungen daran gewöhnt ist, sich verschleiert auszudrücken, bereit gewesen wäre, sich uns voll anzuvertrauen, so hätte er ganz gewiß zugegeben, daß es sich bei der beginnenden ›Operation Postel‹ keineswegs um die spöttische, symbolische Geste eines verfolgten Mannes handelt, der in einem Regime, das Millionen seiner Mitbürger grausam erniedrigt, verzweifelt nach seiner Identität sucht. Horace Vermont hätte zweifellos zugestimmt, daß sich in dem einsamen Opfer Postels der offensichtliche Wunsch ausdrückt, seinem Volk ein Beispiel zu geben, das imstande wäre – und sei es auch nur in Form eines geistigen Testaments –, es aus seinem tierischen Zombi-Zustand aufzuwecken.

Trotz der bereits erwähnten Großtuereien in der überspannten Rede von Monsieur Barbotog zur Eröffnung dieser ›heiligen Spiele‹ fürchtet die unangefochtene Herrschaft des Tyrannen zum gegenwärtigen Zeitpunkt nichts mehr als einen Sieg Henri Postels an diesem Kletterbaum, der eiligst den grausamen Mythen zugeordnet worden ist, aus denen die Verruchtheit dieser anachronistischen Diktatur ihre Nahrung zieht.

Die Bürger der Großen Zachariei würden in dem Sieg Postels ohne Zweifel erkennen, was selbst ein einzelner Mensch noch im Kampf gegen die Maschine vermag, die dabei ist, ihr kollektives Glück erbarmungslos zu zerstampfen. Ein Erfolg des Ex-Senators am Kletterbaum birgt das Risiko in sich, eine Kettenreaktion von Brandstiftungen hervorzurufen; die Postel-Rakete löst die Rebellions-Raketen des Landes aus, was wiederum die soziale Schöpferkraft des Volkes freisetzen würde. Der Mann der Tat, den ich im erbitterten Zweikampf mit dem Zacharianischen Baum erlebt habe, kündigt vielleicht das Ende der hier Herrschenden an, die sich, weit davon entfernt, ihr Land elektrifiziert und aus der Finsternis herausgerissen zu haben, lediglich schmeicheln können, die schwindelerregenden Räume der Heuchelei und Ungerechtigkeit im Leben ihrer Untergebenen ausgedehnt und verdichtet zu haben.‹

Henri Postel schob seine Jeans bis zu den Knien hoch und packte den Kletterbaum. Unter Zuhilfenahme der Arme und Beine bewältigte er ein kleines Stück und hielt dann inne. Er dehnte die Lungen und rang nach Luft. Er wiederholte dieselben Bewegungen und schaffte ein weiteres Stückchen, immer noch in den Grenzen, die seine Vorgänger erreicht hatten. Dann war ihm, als bäumte sich das Monstrum, das ihn trug und schrecklich klebrig war, unter seinem Druck auf wie ein wildes Fohlen, das seinen Reiter abzuwerfen sucht. Alle Sehnen und Bänder seines Körpers streckten sich bis zum Äußersten. »Es war«, sollte Maître Horace später zu einem Freund sagen, »als wollte er den Stamm, statt ihn zu besteigen, wie unter einem Alptraum aus der Erde reißen und sich auf den Rücken laden, um einen steilen Hang zu überwinden.« Postel bekam kaum noch Luft, da sein Brustkorb von einem immer mehr verschwimmenden Hindernis qualvoll zusammengepreßt wurde. Gesicht und Hals schwollen an, während Arme und Schenkel zu zittern begannen. Ein Gefühl, als sollte er ersticken, überkam ihn. Er ließ sich zu seinem Ausgangspunkt hinabgleiten.

Nachdem er tief durchgeatmet hatte, ging er den Stamm erneut an. Diesmal klammerte er sich nicht mit dem ganzen Körper daran, sondern folgte der Methode, die Pascal versucht hatte. Er hatte sie früher lange Zeit bei den Kokospalmen am Strand von Jacmel selbst angewandt. Er stützte die Füße fest gegen den Baum und verlagerte die Anspannung so auf Schultern, Schenkel und Beine. Vier Schritte kam er auf diese Weise voran, dann konnte er sich nicht mehr rühren. Die Schmiere glitschte weg unter seinem Griff. Sein ganzer Organismus zitterte. Seine Knochen knackten. Er mühte sich ab, keuchte, schwitzte, plagte sich unter der Sonne, mit trockenem Mund und brennenden Lungen. Seine Muskeln und Nerven verknoteten sich wie bei einem Krampf, und seine schmerzenden, bis zum Zerreißen gedehnten Gliedmaßen gehorchten ihm nicht mehr.

Die Zuschauer hielten den Atem an. Nicht einmal das Niesen eines Kindes konnte die Stille auf dem Platz stören. Die angeregten Gespräche, bei denen die Leute Wetten abschlossen und ihre ersten Tips ausgetauscht hatten, waren verstummt. Alle sahen wie gebannt auf den Mann: die einen mit ängstlicher Bewunderung im Blick, die anderen mit qualvoller Angst und Unsicherheit, eine dritte, kleine Gruppe mit schäumendem Haß.

Obwohl Postels Vorgänger sehr viel kräftiger waren als er, hatten sie sich nach ihrem ersten Scheitern vorsorglich wieder hingesetzt, um sich zu erholen. Der

Ex-Senator hingegen lieferte ein Beispiel der Hartnäckigkeit. Man sah, daß er die Schwierigkeiten, die er überwinden mußte, genau studierte. Er wurde von Anfang an zu einem gefährlichen Außenseiter. Immer, wenn er sich am Mast nicht mehr halten konnte, kam er herunter, atmete tief durch und wiederholte den Angriff mit doppeltem Ungestüm. Zwischendurch lief er zweimal zu Maître Horace, um sich Hände, Arme und Füße vom Fett zu säubern. Der Schuster nutzte die Gelegenheit und schob ihm eine Scheibe Zitrone in den Mund. Sein Hemd und seine Hose hingen in Fetzen herab und trieften von geschmolzener Schmiere. Fettiger, schmutziger Schweiß perlte auf seinem Gesicht und rann ihm beiderseits der Nase herab, tropfte auf Hals, Arme und Körper. Jetzt versuchte er, die beiden Kletterstile miteinander zu verbinden. Das brachte ihn etwas über den Punkt, den seine Mitstreiter bisher erreicht hatten. Er ließ sich unter dem Beifall seiner Anhänger wieder herab.

Er versuchte es noch einmal, den Körper vom Mast weggebogen, aber der rechte Fuß versagte ihm den Dienst, er rutschte ab, verlor das Gleichgewicht und fiel auf die Seite, ohne sich etwas zu tun. Er stand sofort wieder auf. Er war quittengelb, zerlumpt, das Gesicht verzerrt wie das eines ausgezählten Boxers. Dennoch, als er schwankend zur Bank zurückging, sah nicht nur Maître Horace, daß die Traurigkeit aus seinen Augen verschwunden war. Aus ihnen blitzte jetzt eine gierige, freudige Wut. Sobald er saß, achtete er sofort auf seinen Atem, holte langsam und tief Luft, unbekümmert um die Witze, die an verschiedenen Stellen des Platzes laut wurden.

Dr. Merdoie übernahm wieder die Leitung des Wettkampfes.

»Wer ist jetzt dran?« fragte er gereizt.

Ohne zu zögern stand Sydnel Frérel auf. Er hatte ein angenehm jugendliches Gesicht mit einer eingedrückten Nase und weit auseinanderstehenden, lachenden Augen. Er trug eine an mehreren Stellen geflickte Hose und einen ehemals blaugestreiften Pullover, der auf dem Rücken ganz zerrissen war. Er zog beides aus, ebenso die Sandalen, die aus einem alten Autoreifen geschnitten waren, und stand in Shorts aus knallgelbem Satin da. Er war mager und hoch aufgeschossen und hatte kräftige Beine und Schultern. Bevor er anfing, hüpfte er ein paarmal auf der Stelle und fuhr dann mit der flachen Hand zärtlich über den glänzenden Stamm, wie man einem störrischen Pferd den Hals tätschelt. Dann schwang er sich behend auf seinen Gegner.

Frérels Technik unterschied sich von der seiner Mitkämpfer. Er erklomm den Baum mit einem ruckweisen Vorwärtskriechen des Körpers. Er zog sich in sich selber zusammen, rollte sich fast ein und streckte die Beine energisch aus. Dann rollte er sich erneut zur Kugel und streckte sich wieder. Bei jedem Zusammenrollen juchzten die Leute laut auf. Die komische Wirkung rührte daher, daß es so aussah, als wollte Frérel so wenig Platz wie nur möglich an dem Kletterbaum beanspruchen, wie eine Schnecke, die in ihr Haus zurück will, um nicht gesehen zu werden. Kurz unterhalb der Stelle, die Postel erreicht hatte, hielt er atemlos inne und ließ sich wieder hinuntergleiten. Nach kurzer Pause begann er von neuem, auf dieselbe drollige Weise. Er kam kaum über seine eigene Marke hinaus, am ganzen Körper zitternd, rutschte er zurück und ging unter den aufmunternden Worten einiger Zuschauer auf seinen Platz.

»Der nächste«, sagte Dr. Merdoie.

Muston Alphonse trat vor. Er war ein großer rötlicher Neger, untersetzt, stiernackig, mit sehr kurzen Armen und Beinen, aber langen, kräftigen Füßen und Händen. Sein Kopf war völlig kahlgeschoren, die Augen blickten lebhaft und hart in einem verdrossenen Gesicht. Er ging mit mürrischer Miene schnurstracks auf den Baum zu und begann sofort zu klettern. Seine vierschrötigen Gliedmaßen schoben sich ohne jegliche Anmut hoch, als wären es schwere Eisenringe. Nach der ersten Stockung hörte er auf, ließ sich herab, atmete geräuschvoll und stieg wieder hinauf. Er verbesserte seine Höhe um ein Geringes, hob den glänzenden Schädel zur Spitze, bekreuzigte sich und trat wütend den Rückzug an. Bevor er zur Bank ging, spuckte er dreimal vor dem Kletterbaum aus und lief dreimal um ihn herum: einmal in Uhrzeigerrichtung und zweimal entgegengesetzt. Dieses Gebaren erheiterte die Zuschauer ungeheuer. Merdoie hatte Mühe, das Stimmengewirr zu übertönen.

»Der nächste Mutige! Der nächste mannhafte Kerl! Ein Neger, der was auf dem Kasten hat! Ruhe! Einer aus

Eisen!«

Der nächste Anwärter war dem Aussehen nach noch sehr jung. Er hatte den lässigen, wiegenden Gang der Matrosen. Er kam barfuß, mit einer beigefarbenen Drillichhose, deren linkes Bein hochgekrempelt war. Er trug ein enganliegendes weinrotes Turnhemd, das übertrainierte Muskeln erkennen ließ, die im Verhältnis zu der nicht einmal durchschnittlichen Größe des Mannes viel zu kompakt waren. Das war Thélisson Labédoyère, genannt Ti-Lab.

Bevor er sich ans Werk machte, betrachtete der Matrose den Kletterbaum mit einer Art fassungslosem Mitleid, wie ein Sohn, der in einem Bordell auf seinen frommen Vater stößt. Er holte ein Schächtelchen aus der Tasche, mit dessen pulvrigem Inhalt er sich Hände, Arme und, völlig unerwartet, auch die linke Gesichtshälfte einrieb. Einige Zuschauer bemerkten, daß Ti-Labs Pulver viel zu weiß war, als daß es sich um Asche handeln könnte.

Er begann sofort mit einem furiosen Auftakt. Keiner vor ihm war gleich auf Anhieb so hoch gekommen. In seiner Art, Angriffslust mit entfesselter Kraft zu verbinden, lag etwas, was für einen Augenblick glauben ließ, er wäre die Überraschung dieses Nachmittags. Aber trotz seiner beeindruckenden Muskeln, seiner katzenartigen Geschmeidigkeit saß er doch bald fest. Die krampfartig ruckenden und nur noch langsamen Anstrengungen, die dann folgten, zeitigten keine blendenden Erfolge mehr. Er versuchte es dreimal, und jedesmal mündete sein Elan in einen gordischen Knoten. Dennoch gefielen seine Bemühungen dem Publikum ungemein, das seinen Abgang dann auch mit Hurrarufen begleitete. Wiederholt wurde »Es lebe Ti-Lab!« gerufen.

»Es bleibt noch ein Anwärter übrig«, bemerkte Merdoie. »Also los, Espingel Nildevert, nun zeig mal, daß der Letzte auch der Erste sein kann. Also hinauf mit dir, Nildevert!«

Der so Angesprochene ging träge auf den Kletterbaum zu, mit einer großen geflochtenen Tragetasche, die voll zu sein schien. Er hatte ein plumpes, hartes Gesicht mit stark mongolischem Einschlag, olivfarbene Haut, schmale Lippen unter einem großen, sehr dichten Schnurrbart. Über den vorstehenden Backenknochen lagen listige, kalte Augen. Er trug scharfgebügelte weiße Hosen und ein gestärktes schwarzes Hemd.

Er stellte seine »Wunderkiste« am Fuß des Kletterbaumes ab und hockte sich hin, um sie aufzumachen. Mit gemessenen Bewegungen zog er eine ganze Sammlung von Gegenständen heraus: einen hohen Zylinder, einen Gehrock, einen falschen weißen Bart, eine gelbe Papageiennase aus Pappe, eine schwarze Kerze, eine Rolle Papier, eine Kinderklapper, einen Schädel, einen silbernen Kaffeelöffel, einen Stein mit einem eingelassenen Spiegelscherben, einen steifen Kragen mit runden Ecken, eine schwarze Brille, einen kleinen Stock, eine volle Flasche und drei dicke Beutel. Starr vor Schreck erkannte das Publikum, daß es sich hierbei um das Beiwerk des Todes*loa* handelte, des Barons-la-Croix, auch Baron-Cimetière oder Baron-Samedi genannt!

Nachdem der Mann sein Zubehör auf dem Boden ausgebreitet hatte, richtete er sich wieder auf und ließ seinen unentschlossenen Blick langsam über den eingeschmierten Kletterbaum, die Menge, die Tribüne und den Tisch der Jury schweifen. Mit verwirrter Miene bedeutete ihm Dr. Merdoie, zu ihm zu kommen. Espingel gehorchte sofort. Es folgte ein leise geführtes Gespräch mit dem Vorsitzenden und den Angehörigen der Jury. Dann sah man, wie Merdoie den Jurytisch verließ und sich eiligst zu Präsident Zacharias begab. Dieser hatte, als Nildevert seine ersten Sachen hervorholte, sofort begriffen, worum es ging. Er hatte sich zu Barbotog hinübergebeugt, und noch bevor Espingels Tasche geleert war, hatten die beiden ihre Entscheidung getroffen. Als Merdoie beim Obergeistlichen-auf-Lebenszeit erschien, hatte er nicht einmal Zeit, den Mund aufzumachen, um Instruktionen zu erbitten.

»Laß ihn gewähren, er ist einer der Unsrigen«, sagte Zacharias mit einem Gesicht, das plötzlich so verhärtet war, daß es aussah wie aus schwarzem Frost herausgestanzt.

Der stellvertretende SAFES-Minister machte kehrt und eilte zum Kampfplatz zurück, inmitten einer Spannung, die die Hitze des Nachmittags zum Aufflammen zu bringen schien. Sor Cisafleur, die sich endlich zu Maître Horace durchgedrängelt hatte, gehörte zu denen, die von Nildeverts Ausrüstung am meisten beunruhigt und geängstigt wurden. Sie war von Kopf bis Fuß in Schweiß gebadet, stand wie vom Donner gerührt da und flüsterte sogleich dem Schuster ins Ohr: »Diesen Nildevert kenne ich. Er ist ein junger *hougan* vom Heiligtum der Madame Eliézer Jean-Baptiste. Weißt du überhaupt, was er da treibt? Dieser Hurensohn bereitet eine *expédition* gegen Senator Postel vor. Wir sind verloren, Maître Horace.«

»Wieso glaubst du das?«

»Siehst du denn nicht, daß er den Kletterbaum in einen *Ruhealtar* von Baron-Samedi verwandelt?«

»Macht doch nichts: die Affereien eines Hexenmeisters können einem Henri Postel nichts anhaben!«

»Still. Nildevert schickt einen blitzenden *Tod* über unseren Freund.«

Währenddessen hatte Espingel seinen Beschwörungsritus am Fuße des Kletterbaumes begonnen. Er setzte sich den Zylinder auf, zog den Gehrock an, legte den steifen Kragen um, streifte die Handschuhe über und maskierte sein Gesicht mit dem falschen Bart, der Papageiennase und der schwarzen Brille. Die erste Handlung des vorgetäuschten Greises bestand darin, die Papierrolle aufzuwickeln: es war eine Farblithographie, die den katholischen Heiligen Expeditus darstellte, ein Kreuz in der Hand und mit dem rechten Fuß einen Schädel zertretend. Nildevert heftete das Bild mit einer Reißzwecke verkehrt herum an den Kletterbaum. Dann schlug er mit dem Löffel dreimal im Takt auf den glatten Stein. Darauf wandte er sich zur Tribüne und grüßte Präsident Zacharias: rasche ganze Wendung und schnelles Beugen der Knie. Der Obergeistliche-auf-Lebenszeit antwortete auf den Gruß: leichte Verbeugung und eine angedeutete segnende Gebärde mit der rechten Hand.

Der Mann öffnete die Flasche, hielt sie nach allen vier Himmelsrichtungen und goß einen Teil der opalartigen Flüssigkeit rechts neben den Kletterbaum, einen anderen links davon und ein paar Tropfen in die Mitte, wobei er jedesmal *apo lisa gbadia tâamerra dabô* rief. Dann klebte er den Flaschenhals an den Kletterbaum. Nach diesem Trankopfer küßte er dreimal den Boden, worauf er sich aus einem der Beutel Mehl in die hohle Hand schüttete, damit zeichnete er den *vevé* des Baron-Samedi auf die

Erde. Die Zuschauer in den ersten Reihen konnten verfolgen, wie sich weiße Linien zu einem großen Dreieck fügten, dessen Spitze den Fuß des Kletterbaums berührte. Aus einem anderen Beutel nahm der Mann eine Prise Kaffeesatz und zeichnete damit im Inneren des Dreiecks ein Kreuz, das er mit einer Kopfbedeckung ausstaffierte, die der seinen glich. Rechts vom Kletterbaum ließ er einen Sarg, gekreuzte Schenkelknochen und das Wappen des Großen Zacharianischen Reiches entstehen: ein auf einer Muschelschale sitzendes Perlhuhn auf schwarzrotem Grund. Nildevert zündete die schwarze Kerze an und stellte sie auf die Grundlinie des Dreiecks. Dann formte er links vom Kletterbaum aus Kaffeesatz das Bildnis desjenigen, der mit dem Ritual geopfert werden sollte. Die Zuschauer, die erwarteten, die Umrisse eines Stiers, eines Ziegenbocks oder eines Hahns zu erblicken, erkannten mit Entsetzen die Gesichtszüge des Ex-Senators Henri Postel.

Nachdem Nildevert so mit untadeliger Symmetrie die Motive ausgeführt hatte, die er in sein Wappen setzen wollte, zog er um den Kletterbaum des Baron-Cimetière langsam eine Linie aus Stückchen von Bananen und rohen Kartoffeln.

»Wehe Postel«, sagte Sor Cisaflor, »wenn er diese rohen Eßwaren überschreitet.«

»Dieser *wanga*«, rief Maître Horace wütend, »vermag überhaupt nichts gegen Henri.«

»Red nicht so was, Maître Horace«, entgegnete die Frau. »Schau doch nur richtig hin! Ich sage dir, es ist ein *Todesbringer.*«

Nildevert sah starr auf den kopfüber hängenden katholischen Heiligen und sprach mit näselnder, unheilverkündender Stimme das folgende Gebet:

»Herr, du mein Gott, wir wollen versuchen, den hier anwesenden zweibeinigen Ziegenbock Henri Postel an diesem Kreuz zu verderben, auf daß er verschwinde wie vor Blitz und Unwetter. Heiliger Expeditus, der Ihr die Macht besitzt, die Erde, das Meer und die Luft zunichte zu machen, Ihr seid ein Heiliger, ich bin nur ein armer Sünder. Ich rufe Euch an, mein großer immerwährender Gebieter, oberster Herr über die Lebenden und die Toten. Ich schicke Euch, den Ex-Senator Postel zu holen: macht seinen Kopf zunichte, der allzuvoll ist mit bösen

Absichten, sein Gedächtnis und seine Hoden, macht seine Hinterlist zunichte und seinen rebellischen Drang, seinen Laden in Tête-Bœuf und die Unverschämtheit seines *Gros-Bon-Ange.* Macht die roten Erfahrungen seiner Exiljahre in abtrünnigen Landen zunichte. Macht, daß unter ihm an diesem Kletterbaum Blitz und Unwetter losbrechen. Zu Eurer Ehre, Großer Heiliger Expeditus, werde ich drei Vaterunser beten.«

Nildevert sprach die drei Vaterunser vor dem Kletterbaum kniend, in der einen Hand die schwarze Kerze haltend und mit der anderen die Kinderklapper schüttelnd. Er sang:

«Baron-la-Croix, kimbé nhomme ça-a
piga laguer'l.
Moins river, oh!
Baron-la-Croix, neg-cimetière
qui pi fô pacer Bon Dieu.
Mes amis nou pas jam ouê ça:
You sênateur sou you mâ suiffé.
Baron-la-Croix, kimbé nhomme ça-a.« *

Dann schlüpfte Nildevert urplötzlich aus seiner Priesterrolle, und ein vor Wut schäumender Prophet reckte sich hoch auf.

»Ich, Baron-Samedi«, brüllte er, »König Dégonde, *neg-kraser-les-os, neg-kraser-les-mab, neg kasa mabilabila kogo, bila luvemba, sobadi sobo kalisso,* dank der Kraft meiner drei Schaufeln und meiner drei Hacken, dank der Kraft meiner sechsunddreißig roten und schwarzen Hoden erwähle ich diesen Baum zum *Ruhealtar.* Unheil dem zweibeinigen Mulattenbock, der ihn ohne die Erlaubnis des allerhöchsten Herrn des gewaltsamen Todes besteigen will!«

Nach dieser Verwünschung erhob sich der Mann mit zerzaustem Bart, hervorquellenden Augen, schweißüberströmter Stirn, wilden und eifernden Gesten. Er machte drei Schritte auf die Stelle zu, wo Postel saß.

---

* Baron-la-Croix, packe den Mann hier / laß ihn nicht los. / Ich bin hier, oh! / Baron-la-Croix, Friedhofsneger / du bist mächtiger als der liebe Gott. / Meine Freunde, noch nie hat es das gegeben: / Ein Senator auf einem Kletterbaum. / Baron-la-Croix, packe den Mann hier.

»Papa-Caca«, fing er wieder an, »du bist von Land zu Land gezogen, von Dorf zu Dorf, von einem Exil ins andere, stets getrieben von dem bösartigen Wind der Rebellion. Überall, wo du gewesen bist, warst du der rote Beleidiger Jesu Christi. Du bist in dein Vaterland zurückgekehrt, du Umherirrender Mulatte, Beleidiger des Präsidenten Zacharias. Ich Neger-mazimaza, ich habe deinen letzten Weg hier auf diesem meinem Baum vorgezeichnet! Und selbst wenn du hundert Paar brennende *Samen* in der Unterhose hättest, gelänge es dir nicht, den Blitz und das Unwetter zu überwinden, die dich in der Schmiere und dem Holz meiner aufrecht stehenden Gerechtigkeit erwarten!«

Postel hörte ihm zu, ohne mit der Wimper zu zucken, sehr gerade sitzend, mit ruhigem, ironischem Blick. Die Augen der Zuschauer wanderten von dem falschen Greis, der mit seinem schwarzen Stöckchen und der Kinderklapper herumfuchtelte, zu dem gleichmütigen Ex-Senator, der ein freundlich-spöttisches Gesicht zeigte, als wäre er ein Psychiater, der die ihm vertraute Krise eines seiner merkwürdigsten Patienten beobachtete. Sor Cisa zerquetschte Maître Horace fast mit ihrem massigen Körper. Ihre Augen standen voller Tränen.

»Verzweifle doch nicht«, sagte Maître Horace immer wieder liebevoll zu ihr, »das Wüten der schwarzen Magie kann Henri nichts anhaben.«

»Sei doch bloß still«, flehte sie und grub ihre Nägel in seine Schulter.

Der Besessene fuhr fort, vor dem Ex-Senator herumzuspringen und sich im Kreis zu drehen, wobei er in immer wildere Verzückung geriet und seine Bannflüche aufbrodelten wie Milchsuppe. Plötzlich trat Nildevert dicht an Postel heran, in der einen Hand das Stöckchen, in der anderen die Kinderklapper schwenkend. Dann, durch Postels Gleichgültigkeit unsicher geworden, wurde der Baron-la-Croix wirklich wütend. Er stürzte sich auf den Kletterbaum, umarmte ihn dreimal und biß in ihn hinein. Dann stieß er die Lenden obszön gegen den Baum, als triebe er Unzucht mit ihm. Er tat so, als stiege er hinauf, und ahmte auf der Erde die Bewegungen eines Kokospalmenkletterers nach. Da stand Henri Postel auf und wandte sich an die Jury.

»Ich verlange, daß klargestellt wird, ob es sich hier um

einen sportlichen Wettkampf handelt oder um eine Todeszeremonie zu Ehren von Baron-Samedi!«

Beifallsrufe aus der Menge unterstützten Postels Worte.

»Bravo, Monsieur Postel«, ertönte die Stimme einer jungen Frau, »Sie haben recht gesprochen!«

Dr. Merdoie griff verwirrt zum Mikrofon und erklärte: »Baron-Samedi war im Zeremoniell dieser Sportveranstaltung eigentlich nicht vorgesehen. Sein unvermutetes Erscheinen beweist indessen, daß das negro-zacharianische Volk nicht damit einverstanden ist, daß man seine Götter und Schutzgeister ungestraft herausfordert.«

Auf der Tribüne und in der Menge kam einiger Beifall auf.

»Und nun«, sagte Merdoie, von seinem Erfolg entzückt, »lade ich Sie, verehrter Baron-la-Croix, sehr herzlich ein, an dem Sportprogramm unseres Festes der Elektrifizierung der Seelen teilzunehmen!«

»Ich werde dem Sportprogramm des Festes die Eier breittreten!«

»Nun, sehr verehrter Meister«, versuchte Merdoie behutsam einzulenken, »ich wollte dich doch nicht kränken. Dein *Pferd* Espingel Nildevert ist hier, um an einem sportlichen Wettkampf teilzunehmen. Laß es also seine Aufgabe erfüllen.«

»Ich geh nicht weg«, lachte der Baron höhnisch. »Soll mich doch der Donner zweiteilen! Nicht bevor ich die Eier von Henri Postel auf einem Teller hab tanzen sehen wie die Augen eines abgestochenen Bocks!«

»Nun, Bruder Baron-Samedi, sei vernünftig, mach uns die Arbeit doch nicht unnötig schwer.«

»Donner und Blitz, man soll mir die Eier des Mulattenbocks da auf der Bank roh zu essen geben.«

»Hör mal, Hauptmann. Die Leute murren schon. Sie wollen erleben, wie dein *Pferd* auf den Baum klettert. Mit deiner Hilfe könnte es die Spitze dieses *mapou* in einem Anlauf erreichen. Hilf ihm! Steig hoch, Espingel!«

»Nildevert auf den Baum! Nil-de-vert auf den Baum!« begann eine Gruppe Zuschauer zu rufen.

Die Verhandlung des Juryvorsitzenden mit dem *loa* war an einen toten Punkt gelangt, als Barbotog, der einen Augenblick mit Präsident Zacharias getuschelt hatte, plötzlich seinen Tribünenplatz verließ und im

Laufschritt zum Kampfplatz herunterkam. Er pflanzte sich direkt vor Baron-Samedi auf. Die beiden Männer tauschten die Grüße aus, mit denen die Würdenträger des Voudou einander bei einer Zeremonie begegnen. Der Minister und der Besessene hoben die Hände bis in Augenhöhe. Dann winkelten sie die Arme an und berührten sich dabei gegenseitig, zuerst mit dem linken, dann mit dem rechten Ellbogen.

»Für heute reicht's, mein Lieber«, sagte Barbotog. »Ich muß dich bitten, dich freundlichst zurückzuziehen. Laß dein *Pferd* sein Rennen machen!«

Barbotog beugte sich zum Ohr des Barons. Er flüsterte ihm lachend etwas zu, was niemand verstehen konnte. Bei diesen Worten verwandelten sich die zornigen Gesichtszüge des Todeskaziken in die eines gerissenen, vergnügten Alten. Der Mann verbeugte sich schwungvoll vor Barbotog, hüpfte ein paarmal auf den Fersen, verlor mitten in seinen Zuckungen das Gleichgewicht, fing sich jedoch, wie von einer Feder angetrieben, im letzten Augenblick noch, Beine und Arme steif von sich gestreckt. Ohne sein Gehüpfe von einer Ferse auf die andere zu unterbrechen, begann er, sich seines Aufputzes zu entledigen. Espingel Nildevert kam wieder zum Vorschein. Er hielt sich schützend die Hand vor die Augen, blickte demütig und wie berauscht auf die Menge, ohne recht zu sich zu kommen noch etwas Wirkliches auf dem Platz zu erkennen. Er war in Schweiß gebadet und zitterte am ganzen Leib, als hätte man ihn aus einem eisigen Fluß gefischt.

»Nil-de-vert auf den Baum! Nil-de-vert auf den Baum!« riefen die Zuschauer wieder.

Bei diesen Rufen drehte sich der Mann im Kreis und suchte nach dem Mast. Er vermochte ihn kaum zu erkennen, taumelte stumpfsinnig darauf zu, mit dem Gang eines völlig Betrunkenen. Zwei Soldaten mußten ihn auf seinen Platz zurückführen, wo er offenen Mundes in Ohnmacht fiel.

»Ruhe! Sie sollen schweigen!« Dr. Parfait Merdoie schrie sich die Lunge aus dem Hals, um den Lärm auf dem Platz zu übertönen. Kein einziger Mund wurde dadurch zum Schweigen gebracht. Nicht eine einzige Hand blieb ruhig. Jeder interpretierte das Geschehene mit wilden Bewegungen. Baron-Samedis Eingreifen verdarb die Wetten und die Prognosen.

»Ich an Postels Stelle«, sagte ein Mann zu seinem Nachbarn, »würde schleunigst aus diesem Wespennest verschwinden!«

»Wenn er seine Haut retten will, bleibt ihm nichts weiter übrig.«

»Baron-Cimetière will ihn roh und ohne Salz!«

»Das ist ja kein Kletterbaum mehr, sondern der Rücken des Todes selber!«

Sor Cisafleur war völlig gebrochen. Sie weinte hemmungslos. Maître Horace bemühte sich um sie, und ein junger Mann fächelte ihr mit einem Stück Karton Luft zu.

»Das nimmt ein böses Ende«, wimmerte sie. »Gott erbarme dich unser! Baron-Samedi hat Durst. Er will Postels frisches Blut!«

Sie schimpfte leise, stieß wütend unzusammenhängende Sätze hervor. »Wir müssen etwas unternehmen, zum Teufel noch mal! Papa-Loko hat mehr *Körner* als Baron-Samedi! Diesen Espingel haben sie gekauft, sage ich dir. In ihm steckt die ganze Schweinerei der Welt.«

»Aber sieh dir doch mal unseren Henri an«, sagte Maître Horace. »Wirkt er wie jemand, der zunichte gemacht worden ist? In seinem Innern ist er sogar dabei, noch zu wachsen, aufrechter und stärker als der *mapou* des Baron-la-Croix!«

»Mir kommt er wie ein Unschuldslamm vor«, sagte Sor Cisa. »Er ist nicht dazu geboren, unter wilden Tieren zu leben. In seinem Herzen ist er ein guter kleiner Junge geblieben. Jetzt kann ihm nur noch Papa-Loko aus der Klemme helfen.« Sor Cisafleur bekreuzigte sich dreimal, und ihr Gesicht wurde plötzlich hart und grimmig.

»Ruhe!« brüllte Merdoie weiter. »Der Wettbewerb ist noch nicht zu Ende. Wir sind erst in der zweiten Halbzeit. Jeder Kletterer muß sein Glück noch einmal versuchen. Ich fordere Sie auf, endlich Ruhe zu geben, Himmeldonnerwetter!«

Danach wurde es einigermaßen still auf dem Platz. Allmählich gehorchte die Menge den wiederholten Aufforderungen des Schirmherrn der Spiele.

»Wer ist an der Reihe?« rief er. »Wer nimmt die Herausforderung des Meisters Baron-Samedi an? Wo ist der Mutigste der Mutigen, der bereit ist, auf diesem *mapou* seine Haut zu riskieren?« Dabei sah er heimtückisch zu Henri Postel hinunter.

Die acht Männer rührten sich nicht von der Stelle. Fast alle blickten wie abwesend vor sich hin und taten so, als hätten sie nichts gehört. Postel umfaßte mit einem Blick die neben dem Kletterbaum brennende Kerze, den Heiligen Expeditus, der noch immer mit dem Kopf nach unten dahing, das magische Dreieck, die Kette aus Bananen und süßen Kartoffeln sowie sein eigenes Bild, das sich in dünnen Kaffeesatzrinnsalen vom Boden abhob. Die Wahnsinnsaugen des Großen Zacharianischen Reiches, dachte er.

»Nun, meine Herren, entscheiden Sie sich. Handelt es sich um einen Kollektivverzicht? Was steckt denn hinter Ihrem Hosenschlitz?«

Dieses Schwein von Hurensohn, dachte Postel bei sich, wenn von ihm einer verlangte, über Nildeverts Zeichnungen hinwegzutreten, würde er sich als erster in die Hosen machen. Es ist an der Zeit zu handeln.

Henri Postel erhob sich, und wie bei seinem ersten Auftritt ging er zu Maître Horace, um sich die Hände einzupudern.

Sor Cisa klammerte sich sofort an sein Hemd und flüsterte ihm zu: »Laß es jetzt sein, geliebter Senator. Dein Ende schleicht um diesen *mapou* herum.«

Sie faltete ein Taschentuch auseinander und trocknete dem Mann das verschwitzte Gesicht.

»Warte bis morgen, Papacito. Dieser Kletterbaum ist ein Hinterhalt!«

Unbekannte gaben Postel denselben Rat: »Monsieur Postel, lassen Sie doch einen anderen über Nildeverts Arbeit gehen.«

»Es ist unklug, wenn du jetzt hochkletterst!«

»Laßt ihn doch seinen Weg gehen«, mischte sich Maître Horace schroff ein, während Postel nach beendetem Einpudern entschlossen auf den *poteau-mitan* des Obergeistlichen-auf-Lebenszeit zuschritt.

Als erstes blies er die schwarze Kerze aus. Dann trat er über die Kette aus Bananen und Kartoffeln hinweg. Er löste das Bild des Heiligen Expeditus vom Mast und legte es auf den Tisch der Jury. Das alles geschah völlig ruhig, ohne den geringsten Anschein einer Herausforderung.

Beim Klettern wandte er wieder die Kombination an, die er schon gegen Ende des ersten Versuchs ausprobiert hatte. Erster Teil: bogenförmig gespannter Körper, die Anstrengung lag auf Armen, Schultern und Beinen. Zweiter Teil: völliges Umfassen des Kletterbaumes, wodurch der gesamte Organismus mit in die Spannung des Hochkletterns einbezogen wurde. Der erste Teil gelang gut, und Postel gewann wertvolle Höhe. Beim blitzartigen Umfassen des Stammes jedoch verlor er das Gleichgewicht, geriet ins Gleiten und konnte gerade noch verhindern, daß er abermals abrutschte.

»Der Mann klettert mit seinem Sarg unterm Arm«, sagte jemand.

»Er hat einen *point chaud* an sich«, rief ein anderer.

Postel atmete tief durch und griff erneut an. Er befolgte dieselbe Technik und war aufmerksam darauf bedacht, das Hinüberwechseln von der einen Position in die andere zu meistern. Der Kletterbaum setzte ihm gallertartigen, quabbeligen Widerstand entgegen. Mit dem Stück Zitrone, das seinen Mund verzerrte, war sein Gesicht nur noch eine fürchterliche Grimasse. Seine Augen waren blutunterlaufen. Nach etwa drei Minuten hielt er plötzlich inne und umklammerte den Mast, diesmal ohne das Gleichgewicht zu verlieren.

Er verweilte einen Augenblick regungslos, vom Kinn bis zum Ohr am Baum klebend, und rang nach Luft. Er setzte ungestüm wieder an. Er krümmte sich langsam, bis er auf dem Stamm zusammengerollt war wie ein Kind im Bauche einer Frau. Er streckte mit aller Gewalt die Beine durch. Er gewann an Höhe. Er ließ sich Zeit, um das schwierige Manöver zu wiederholen. Er wippte noch ein wenig. Er war auf der Mitte des Kletterbaumes, einige Zentimeter unterhalb der Stelle, die er beim erstenmal erreicht hatte. Er machte sich steif, preßte die Kinnladen so fest zusammen, daß sie zu bersten schienen. Er spürte im Mund einen bitteren Geschmack. Aah, ein neuerliches Entspannen: er übertraf seinen eigenen Rekord vom Nachmittag um ein beträchtliches Stück. Er rang nach Atem. Er ließ sich hinuntergleiten. Als er wieder auf dem Boden war, strauchelte er. Er streckte sich der Länge nach über dem Dreieck des Baron-Samedi aus. Er erhob sich sofort wieder: er stand nun genau auf seinem eigenen Bildnis. Er hüpfte ein wenig auf und ab, um den Krampf in den Gliedern loszuwerden.

»Es lebe Postel!« Diese Schreie, die überall aus der Menge aufstiegen, übertönten die Spötteleien der Gegner des Ex-Senators.

Dr. Merdoie brüllte ins Mikrofon, um die Begeisterung der Menge zu ersticken, während Postel bescheiden auf seinen Platz zurückging.

»Ein reiner, untadeliger Neger muß die Herausforderung annehmen«, heulte Merdoie. »Also, wer fängt an?«

Die anderen Kletterer blieben ungerührt auf ihren Plätzen sitzen. Keiner von ihnen wollte sich auf den *mapou* des Baron-Samedi wagen, ohne sich vorher von dem Todesbann befreit zu haben, der über ihm lag. Niemand wurde sich überhaupt bewußt, daß Postel seinen letzten Versuch unversehrt überstanden hatte.

Des Zuredens müde, beriet sich Merdoie erneut mit seinen Vorgesetzten auf der Tribüne. Der Himmel färbte sich zunehmend violett. Der Kletterbaum war von schillernden Reflexen gesprenkelt. Merdoie kam mit folgender Instruktion zurück:

»Binnen kurzem wird es dunkel sein«, sagte er. »Da sich keiner entschließen kann, den Wettkampf fortzusetzen, sehen wir den ersten Tag für beendet an. Morgen nachmittag, am 22. Oktober, dem Glückstag des Unsterblichen Wesens, das die Verirrungen der Negerbürger des Zacharianischen Reiches wiedergutmacht, geht es dann weiter. Bis morgen also, stolze Kohorten des Papa-Zoo!«

Beifallsrufe begleiteten diese Worte. Maître Horace und Sor Cisafleur schirmten Postel gegen Bewunderer und Neugierige ab, setzten ihn in ein Taxi und brachten ihn in seine Wohnung nach Tête-Bœuf.

Am Abend platzte Sor Cisafleur in Begleitung einer sehr jungen Frau wie ein Wirbelwind in die »Arche Noah«. In dem vom Schein einer Petroleumlampe erleuchteten Raum unterhielt sich Postel gerade mit Maître Horace. Sor Cisafleur hielt sich nicht lange bei der Vorrede auf.

»Elisa Valéry, meine Cousine«, stellte sie stolzgeschwellt vor.

Postel versuchte sich zu erheben, doch ihm taten alle Knochen weh. Er stützte sich auf einen Ellbogen und streckte die Hand aus.

»Seien Sie herzlich willkommen. Sie sind die Sonne in ihrer schönsten Pracht!«

Alle vier lachten. Auch Maître Horace drückte Elisa die Hand.

»Sehr erfreut. Ich bin derselben Ansicht wie Senator Postel.«

»Oh, ich freue mich ebenfalls. Ich war vorhin auf dem Platz. Mir ist fast die Stimme weggeblieben, so habe ich Monsieur Postel zugejubelt.«

»Vielen Dank. Sie werden ein solches Risiko nicht mehr eingehen müssen. Sie sehen ja, meine geschundenen Muskeln versagen den Dienst.«

»Was redest du da, Senator«, fuhr Sor Cisa dazwischen. »Morgen wirst du an deinem Kletterbaum noch viel leichtfüßiger sein. Komm, Maître Horace, hilf mir herbeizuschaffen, was wir für die *contre-expédition*, den Gegenzauber, brauchen. Du, Elisa, leistest unserem Nachbarn inzwischen Gesellschaft.«

Postel und Maître Horace tauschten einen verständnisinnigen Blick. Sie hatten, bevor die beiden Frauen kamen, gerade über Sor Cisafleurs *contre-expédition* gesprochen.

»Ich unterziehe mich ihrer Prozedur wie einer physiotherapeutischen Behandlung. Übrigens gehören im Voudou Hygiene und Psychodrama zusammen, glaubst du nicht auch?«

»Ganz deiner Meinung, Chef. Und wenn die Cousine auch noch hübsch sein sollte, wäre ein frisches Hormonbad nicht zu verachten, und sei es auch nur für die Augen.«

»Masseusen sind selten hübsch«, hatte er Horace erwidert.

Jetzt bedauerte er diese Worte, die Elisa Valéry herabsetzten. Seit über fünf Jahren hatte er keine blühende Frau, keine *Garten-Frau* mehr gesehen. Pamela war eine Garten-Frau gewesen. Nach ihrem Tod: Dürre. Niemand mehr, dem er zurufen konnte: »Sie sind die Sonne in ihrer schönsten Pracht!« Was für ein Geschöpf sie war. Sie lebte durch ihren vollendet geformten feuchten Mund, ihre hohen Brüste, die wunderbar rund und voll waren, die prallen Kurven ihrer Schenkel und die makellosen glatten Beine. Elisa war da und saß an seinem Feldbett. Sie kam unmittelbar aus der Wärme und Zärtlichkeit, aus den Köstlichkeiten des Lebens. Sie schien keinesfalls erstaunt zu sein, daß er kein einziges Wort sagte und sich damit begnügte, sie mit den Augen zu *erleben*. Keine Spur von Überraschung in ihrem Garten-Frauengesicht, während sich sein Männerblick wie eine Nachtigall in das schöne Wetter vorwagte, das überall in ihr herrschte. Ihre Negerinnenschönheit sprang wie ein Funke auf ihn über und verklärte das wurmstichige Mobiliar, die leeren Fässer, die Bananenbüschel und Maiskolben, die von der Decke hingen, die Schweineschmalzbüchsen, das schaurige Durcheinander, das ihm als Schlafraum diente. Seine Sonne, die ihm die Zeit und den Raum eines Zombi verjüngte, war von schwärzester Schönheit. Sie knüpfte ihren Nabel an den Mann, der seit jenem Abend, als die Seinen beim Schimmer des roten Hahnes in dem aufgeschlitzten Bauch seiner Pamela geopfert worden waren, aufgehört hatte, ein Mann zu sein. Sie machte ihn kühn den Fliegen streitig und dem schmerzlichen Widerschein der eintausendachthundertfünfundzwanzig Tage, die er in Tête-Bœuf ertragen hatte. Elisa die Unendliche reinigte ihn von der Stadt, ihrem Staub, dem Getöse, den Schrecken des SAFES. Sie wusch ihn, entgiftete ihn, machte ihn nüchtern und nahm ihn auf in die pralle Fröhlichkeit ihrer Jugend. Er erahnte bis zum Vergehenmüssen die Wohltat, die sie mit sich brachte, worin ihre Anziehungskraft als Frau, worin ihr Wunder bestand, und wortlos hielt er sie, drückte sie an sein Leben, mit all den Armen seiner Einsamkeit, der Ohnmacht und der Wildheit des Mannes, zu dem er geworden war. Seine Freude schwoll an mit den Brüsten Elisas, rundete sich mit ihrem Gesäß und erblühte mit dem Dreieck in der Mitte ihres Leibes. Postel erlebte so jede Facette des schwarzen Diamanten Elisa, bis zu dem Augenblick, als im Hof Sor Cisafleurs Stimme erklang.

»Was für eine Stille hier im Haus! Cousine Elisa ... Oh! Papa-Loko hört in seinem Blattwerk gern die Scherze junger Frauen! Nun, Senator Postel, sag bloß nicht, du bist angesichts der schwarzen Sonne, die ich dir ins Haus gebracht habe, still und stumm geblieben!«

Sor Cisa und der Schuster kamen mit einem Zimmermann aus der Nachbarschaft zurück, der auf den Namen Cornélius Sébastien hörte.

Er war ein Neger, weder jung noch alt, mittelgroß,

vierschrötig, der Hals stak tief zwischen den Schultern, das Gesicht war ein wenig grobschlächtig. Eine Tonpfeife hing ihm im Mundwinkel, und in der Hand hielt er ein Stöckchen. Er trug eine enge kastanienbraune Leinenhose mit auffälligen weißen Steppnähten. Sein rosafarbenes Hemd hatte riesige Taschen, die mit dicken schwarzen Stickereien verziert waren. Kaum war der Mann ins Zimmer getreten, hatte sein »Guten Abend allerseits« gesagt und einen scharfen, strengen, eigenwilligen Blick auf Elisa und Postel geworfen, machte er Miene, wieder zu gehen, als hätte er sich in der Tür geirrt. Aber Sor Cisa faßte ihn liebevoll um die Schulter und sagte zu ihm: »Loko König Nago, du bist hier bei Henri Postel, einem guten Mann und Führer. Dein *Pferd*, Gevatter Cornélius Sébastien, bewundert ihn. Heute nachmittag hat sich ein Aaskerl namens Espingel Nildevert der linken Hand von Baron-Samedi bedient, um eine Totentraube in das Blut unseres Freundes zu werfen. Mit Zustimmung deines *Pferdes* habe ich dich heute abend holen lassen, damit du die Verwünschung brichst, die über dem Blut dieses Führers der Menschen liegt.«

Bei diesen Worten besänftigte sich das Gesicht des *loa*. Er trat einen Schritt auf das Bett zu und verneigte sich, wobei er die rechte Hand ehrerbietig an die Brust führte. Sor Cisa fügte hinzu: »Gestatte, daß ich dir auch meine Cousine Elisa Valéry vorstelle. Die Schönheit ihrer Hände hält es mit dem aufsteigenden Saft. Auch sie ist hier, um an der Wiedererweckung Henri Postels teilzuhaben.«

Loko-Miroir grüßte Elisa mit einer tiefen Verbeugung und wandte sich Postel zu.

»Was kann ich für meinen Bruder tun?«

»Mische die Anmut des Grünspechts, der Eidechse oder des Schmetterlings in sein Spiel als guter Christ!«

»In diesem zaubergeweihten Haus«, sagte der *loa*, »sehe ich nichts, was meinen Augen und meinem Mund wohlgefällig wäre.«

»Wir haben Opfergaben für dich, Papa-Loko«, sagte Sor Cisa. »Hier sind Mais und geröstete Erdnüsse, Honigkuchen, gezuckerte *acassan*, Milchreis, Kuchen aus Maniok, rohe Speisen, Süßigkeiten und eine volle Flasche *kimanga*.«

»Wenn alles bereit ist, worauf warten wir dann noch?«

fragte Loko.

»Abobo! Abobo!« sagte Sor Cisa mehrmals hintereinander.

Sie schlang sich ein Tuch aus grünem Satin um die Hüften und schürzte ihr weißes Baumwollkleid.

»Maître Horace«, sagte sie, »gib mir Asche und Kaffeesatz. Du, Elisa, gehst auf den Hof und machst die Kerzen fertig. Setz auch Wasser auf.«

Sor Cisa nahm die beiden Teller, die der Schuster ihr reichte, und begann, Papa-Lokos *vevé* auf dem zementierten Fußboden des Raumes zu entwerfen. Sie zog mehrere Kreise und in deren Mitte jeweils die verschlungenen Konturen des aus Pflanzenteilen gefügten *loa*-Emblems. Dann zeichnete sie auf jedes baumähnliche Gebilde Trauben von Früchten und Vogelnester.

Loko sah ihrem Tun mit vergnügter und beipflichtender Miene zu. Er hatte die Beine gespreizt und stützte sich mit beiden Händen auf seinen Stock. Von Zeit zu Zeit zog er kräftig an der Pfeife und blies den Rauch über die Zeichnungen. Auf diese Weise drückte er seine Zustimmung aus, während die Frau ihr Werk vollendete, indem sie immer neue Muster erfand, die mit der mythischen Identität des *loa* übereinstimmten, in einer Bildsprache, die ganz frisch und neu aus der Ursprünglichkeit des Wunderbaren und Wirklichen geboren wurde.

Elisa war im Hof zu hören, wo sie sich zu schaffen machte. Maître Horace war an Postels Kopfende getreten und setzte sich dort auf eine kleine Bank. Der Ex-Senator sagte leise zu ihm: »Mir kam gerade in den Sinn, daß es unser Land auf der ganzen Welt kein zweites Mal gibt. Stell dir vor, mein Lieber, daß ich vor etwa fünfzehn Jahren zusammen mit den französischen Gelehrten Albert Métral und Pierre-Lorris Mabillon in Léogâne, dem berühmten Heiligtum von Madame Noémi Mariel, an einer ähnlichen Zeremonie von *contre-expédition* teilgenommen habe.

Der Mann, der sich ihr unterzog, war ein gewisser Probus Dieudonné. Die Diagnose von Sor Noémi lautete kurz und bündig: ein Feind habe Probus ›drei alkoholische Tode‹ in den Körper ›geschickt‹. Die Krankheit, die ihn ausdörrte, sei das Ergebnis des schaurigen Hexensabbats, den die drei Trunkenbolde in ihm veranstalteten.

Probus Dieudonné stammte aus dem Marbial-Tal. Als Enkel des bekannten *bokor* Examen Dieudonné hatte er von seinem Großvater die Gabe erhalten, nach Belieben Regen oder schönes Wetter ›in der Gegend zu machen‹. Mit fünfzehn Jahren war er als ›der größte Regenverkäufer des Südwestens‹ bekannt.

Man erzählte, er hätte unter seinem Bett ein ganzes Lager von Flaschen, die die Substanzen für Regen, Sonne und Wind enthielten. Er war ein ganzer Meteorologischer Dienst für sich. Einen leichten Regen verkaufte er für fünf Gourdes, ein Schauer kostete einen Dollar, ein tüchtiger Guß fünf Dollar, ein ganzer Regentag hundert. Für einen taufunkelnden Morgen mußte man zehn Dollar zahlen. Der junge Zauberer hatte mehr Kunden als Flaschen. Die Bauern, die kein Geld hatten, zahlten mit Mais, Kartoffeln, Kürbissen oder Bohnen. Man bewunderte die Genauigkeit, mit der Probus ›den Regen festband‹ genau über dem Feld, für das er bestimmt war, ohne daß das Nachbarfeld auch nur einen einzigen Tropfen abbekam. Niemand konnte ihn um sein Wasser betrügen. Es wurde erzählt, er verstünde das Latein der Wolken, die über den Himmel ziehen. Er brauche nur ein paar Worte zu sagen, um sie über einen bestimmten Garten zu lenken, der begossen werden sollte. Probus verlor sein Ansehen bei einer fürchterlichen Trockenheit, die das Tal heimsuchte. Keine einzige Flasche sprach auf seine Hilferufe an. Selbst die Regensubstanz war ausgetrocknet. Eines Nachmittags griff ein Trupp Bauern den erledigten ›Regenmacher‹ mit Steinwürfen an. Er konnte seine Haut nur dadurch retten, daß er seine heimatlichen Berge für immer verließ.

Ich erinnere mich, als wäre es erst gestern abend gewesen, an all die Einzelheiten der ›Austreibung des Trios der Betrunkenen‹. Man hatte Probus im Säulengang des Voudou-Tempels, des *houmfort*, auf eine Matte gelegt, die am *poteau-mitan* hing. Sein Nacken ruhte auf einem großen schwärzlichen Stein. Der junge Mann mußte an einer schweren Hepatitis leiden, denn er sah ganz wächsern aus, mit roten, glanzlosen Augen, blassen und eingefallenen Wangen, schlaffen Gliedmaßen. Man konnte sich schwer vorstellen, daß er, wie seine Angehörigen berichteten, bis vor kurzem noch einer der kräftigsten Dockarbeiter von Port-au-Roi gewesen sein sollte. In dem neben ihm aufgezeichneten *vevé* waren dieselben schaurigen Symbole zu erkennen, die Nildevert mir heute gewidmet hat: Sarg, Kreuz, Schaufel, Hacke, Hammer, Nägel und gekreuzte Schienbeine.

Ich sehe noch immer den Blick eines unschuldigen, besiegten Pferdes vor mir, den der ›Ex-Regenmacher‹ am Ende der Behandlung hatte, als ihm die *mambo* eine Art weißes Hemd mit roten Ärmeln überstreifte. Ich hätte damals jeden für verrückt erklärt, der mir vorausgesagt hätte, daß Henri Postel, Absolvent der Hochschule für Politik und der Sorbonne eines Abends ...«

Sor Cisas laute Stimme unterbrach Postels Erzählung.

»Maître Horace«, sagte sie, »jetzt ist nicht die Zeit für Audienzen bei Senator Postel. Sag Elisa, sie soll die Kerzen bringen. Papa-Loko verlangt, daß ihr jetzt eure Sachen ablegt und sie verkehrt herum anzieht.« Der *loa* hieß es mit lebhaftem Kopfnicken gut.

Elisa kam herein. Sie vertraute der *mambo* die brennenden Kerzen an. Postel und Maître Horace waren damit beschäftigt, ihre Kleidungsstücke zu wenden. Elisa ging wieder hinaus, um es ihnen gleichzutun. In der Dunkelheit des Hofes zog sie Büstenhalter, Slip, Minirock und Bluse linksherum an. Sor Cisa befestigte die Kerzen, zwei schwarze und drei weiße, auf den Stellen des *vevé*, die sie für besonders bedeutsam hielt. Sie nahm ein Bündel grüner Blätter, hielt es in alle vier Himmelsrichtungen und sprach dabei:

»Im Namen von Loko Danyiso
Im Namen von Loko-Adamsapfel
Wird Postel die Hoden eines Löwen haben
Um den Ingrimm des Kletterbaumes zu besiegen
Ago, Agosy, Agola!«

Nach dieser Anrufung faßte Cisafleur Loko bei der Hand. Sie drehte ihn vor Postels Bett langsam im Kreise und improvisierte dabei folgendes Lied:

»Ich bin der frische Wipfel der Bäume
Ich bin Loko-Postel
der General Loko Silibo Vavoun
Ich bin der Schlüssel zu dem langen Weg des Menschen

der Tag und Nacht unter seinen Füßen glänzt
die Sonne folgt uns auf Schritt und Tritt, agoyé!«

Der *loa* bekundete Freude und Stolz, als er diese Worte vernahm, die seine Macht rühmten. Er machte sich von Sor Cisa los und tanzte allein weiter. Er war kein untersetzter Neger mit einem Stiernacken mehr, kein kleiner Zimmermann aus Tête-Bœuf, sondern ein *Papa-loa*, der sich voller Anmut auf die afrikanischen Wege seines Geistes und Körpers begab. Er tanzte mit vorgeneigtem Körper, leicht gekreuzten Armen und Beinen, zuckenden Schultern. Bald schritt er vorwärts, bald wich er wieder zurück, wobei er die Füße zur Seite gleiten ließ. Plötzlich bezog er Elisa in den Tanz ein: ihr Körper paßte sich sofort dem Rhythmus an, der in Sor Cisas Stimme anstieg und abfiel. Die Bewegungen ihrer wogenden Schultern und Hüften, ihre Sprünge und Kniebeugungen wetteiferten in Erfindung und Eingebung mit dem katzenartigen Ballett ihres Partners. Sie faßte mit beiden Händen den Saum ihres Minirocks und hob und senkte ihn in stetem Wechsel. Ihr Fleisch, das überall fest und voll war, wogte, wölbte sich, rundete sich im Takt ihrer Schritte. Postel schaute ihr fasziniert zu. Seit Jahren hatte er keine so schöne Flamme in seiner Männernacht aufsteigen sehen. Die Sehnen eines verzauberten Bogens hatten seine brennenden Nerven ersetzt.

Kurz darauf hörte Sor Cisa auf zu singen. Sie entkorkte eine Flasche und nahm einen tüchtigen Schluck in den Mund. Aber statt ihn zu trinken, besprühte sie Papa-Lokos Gesicht damit. Der heilige *loa* wich vor Freude zurück. Sor Cisa besprühte auch Elisa, Maître Horace und Postel mit *kimanga.* Alle begannen mit tränenden Augen zu niesen, es roch beißend nach Rum, Pimpernell und spanischem Pfeffer. Loko beugte sich über Postel. Er richtete ihn im Bett auf und rieb die Stirn langsam gegen die seine. Er faßte ihn bei den Händen, hob sie dreimal in alle vier Himmelsrichtungen hoch und befahl Sor Cisa, sie zu besprühen. Mit Postels Füßen verfuhr er ebenso. Sor Cisa stürzte hastig aus dem Raum. Im Nu kam sie mit einem Hahn und einer Henne zurück, die sie dem *loa* übergab. Papa-Loko forderte Postel auf, Hemd und Hose auszuziehen. Der Ex-Senator tat es. Er war nun in Unterhosen.

Da haben wir's, sie staffieren mich als Leiche heraus, dachte er.

Blitzartig sah er sich schon mit hochgebundenem Kinn, Wollepfropfen in Nase und Ohren, die Zehen mit Heftpflaster zusammengeklebt, während der Hahn und die Henne gerösteten Mais von seinem Körper aufpickten. Aber als hätte Sor Cisa seine Gedanken erraten, sagte sie: »Papa-Loko, da die Zeit eilt, wollen wir die Prozedur so weit wie möglich vereinfachen.«

Der *loa* tat nur so, als streue er Maiskörner auf Stirn, Brust, Bauch und Hände Postels. Dann hielt er die Henne und den Hahn an dieses imaginäre Futter. Die beiden holzfeuerfarbenen Tiere rissen verdutzt und enttäuscht die Augen auf. Nachdem Papa-Loko ein Zeichen über ihnen gemacht hatte, strich er mit ihnen, wie mit einem Paar lebendiger Handschuhe, über Postels Körper. Der Mann spürte die warmen, seidenweichen Federn auf seiner nackten Haut. Bei dieser Massage murmelte Loko vor sich hin: »Hebet euch hinweg aus dem Körper dieses hervorragenden Mannes, schmutzige Bastarde des Todes. Geht euren Weg weiter, ohne euch umzudrehen. Dieser Mann ist kein Lager für eure Schweineschnauzen, *Cochons-sans-poil!* Verschwindet von hier, Bande bösartiger Neger!«

Sor Cisa, die dieser »Austreibung des Todes« genau zusah, fügte noch hinzu: »Möge alles, was Nildevert an Bösem in diesen Körper geschickt hat, zur Hölle fahren. Nur die Kraft und die Schönheit der Erde sollen im Blut dieses tapferen Mannes kreisen! Baron-Samedi, Postel ist kein Kreuzweg für Eure Schweinereien!«

Elisa und Maître Horace standen wie versteinert am Fußende von Postels Bett und beobachteten die Szene. Der *loa* reichte Sor Cisa die Henne. Plötzlich spreizte er Postels Schenkel auseinander und setzte den Hahn dorthin, den Kopf an die Geschlechtsteile des Mannes gedrückt. Er hielt das Tier in dieser Stellung fest und sprach mit ernster Stimme: »Hier beginnt die Kraft der siegreichen Löwen der Erde!«

»Hier beginnt die Morgendämmerung der Neger des Lichts!« fügte Sor Cisa hinzu.

»Hier beginnt der wohltätige Sturm!« sagte der *loa.*

»O Legba-Kata-roulo, heiliger Neger Afrikas, ich bitte dich um die Kühnheit des Tigers für diesen Christen hier!«

»Aie, Papa-Legba, Alegba-Papa«, seufzte Sor Cisa, »hilf deinem hier anwesenden Sohn, die *bakas* auszutreiben, die man an seine Knochen geheftet hat!«

»Und dich, Ayizan, Ayizan Bélékou, der du die Dornenkrone Christi trägst«, sagte der *loa*, »dich bitte ich um die Würde des Löwen für die Glieder dieses Christen! Und ihr, alle ihr *loas Radas* aus unserem Afrika, Meister Agoué, Meisterin Erzili Fréda Dahomin, Ogou schwarzer-heiliger-Jakob-der-Große, Badagris, der du das Gewitter in den Zähnen hältst, und du, Chango, Beherrscher der Unterleibe, immer gestraffter König, und du, Olicha, großer Kenner der Pflanzen, helft diesem Mann, geradewegs dem Sonnenaufgang entgegenzuklettern!«

Postel durchlebte eine Art Daseinsspaltung: er war fünfzehn Jahre in die Vergangenheit zurückversetzt, in die Haut des Probus Dieudonné. Nichts hatte sich seit jener Nacht in der Geschichte des Landes geändert. Alles war beim alten geblieben. Er war ein »Regenfestmacher«, den drei alkoholische Tode auf den Kais von Port-au-Roi in ihren Krallen hielten. Man befreite ihn von seinen Gästen. Er würde zu seinem Wolkengeschäft im Marbial-Tal zurückkehren. Würde ein *loa* sich seines Kopfes bemächtigen? Eine unbändige Lust zu lachen ergriff ihn. Er war ein Probus, der seine Flaschen mit Regen und Tau nicht mehr verkaufte. Er verteilte sie umsonst, an das Marbial-Tal, an alle Hügel des Landes, an die Berge der Karibik, an die der ganzen Welt ...

Papa-Loko erlöste den halb erstickten Hahn. Er hielt ihn einen Augenblick mit dem Kopf nach unten. Dann nahm er Sor Cisa die Henne ab und ließ sie über Postels Lendengegend hängen. Mit dem Hahn strich er mehrmals kreuzweise darüber hin. Schließlich warf er die beiden Tiere mit einer verächtlichen Gebärde, so wie man sich ekelerregender Dinge entledigt, durch die offene Tür, von wo sie gackernd und federnstiebend entflohen.

Danach schleppten Sor Cisa und Maître Horace einen Holztrog an das Bett, der das »Zauberbad« enthielt. Das heiße Wasser roch nach Jasmin, Orangenblüten und anderen aromatischen Bestandteilen. Statt Postel hineinzutauchen, begnügte sich Loko damit, ihn leicht abzuwaschen. Einige Tropfen spritzte er auf Elisa, den Schuster und Sor Cisa.

Nach dem Bad nahm Sor Cisa ein Handtuch und trocknete Postel ab. Sie half dem *loa*, eine Mischung aus duftendem Harz, Rum und Asa foetida auf einen Teller zu gießen. Cisa zündete ein Streichholz an. Die Flüssigkeit auf dem Teller flammte auf. Loko hielt ohne zu zögern seine Hand darüber. Die Flammen ringelten sich wie kleine bläuliche Nattern um seine Finger. Er begann Postels Gliedmaßen kräftig zu reiben. Bei den Händen, Knien und Füßen verweilte er länger und wiederholte dabei immer wieder: »Möge er wie ein Lianenmensch auf seinem Kletterbaum sein!«

»Wie ein Schmetterlingsmensch auf seinem Kletterbaum!« sagte Sor Cisa.

»Wie ein Grünspecht-Lianen-Schmetterlingsmensch!« überbot sie der *loa*. Loko verlangte nach der Flasche *kimanga*. Er nahm einen tüchtigen Mundvoll und blies kräftig über Postels Gelenke und Muskeln.

»Jetzt, Henri Postel, stählerner Pfeilmensch, steht auf und folgt mir!« befahl der *loa*.

Der Mann erhob sich ohne Mühe von seinem Bett. Er folgte Loko in den Hof. Sor Cisa war ihnen vorangegangen. Sie hatte ein flaches, eher symbolisches Loch gegraben. Sie nahm sieben ausgepreßte Orangenhälften, füllte sie mit Rizinusöl und steckte Dochte aus Baumwolle hinein, die sie sofort anzündete. Diese sieben Lichte stellte sie um das Loch herum auf, ebenso die für Loko bestimmten Opfergaben. Dann knieten *Papa-loa* und die *mambo* an dem Loch nieder.

»Mit Einverständnis des guten Herrgotts und unserer afrikanischen Heiligen«, sprachen sie gemeinsam, »soll Henri Postel die Behendigkeit und die Tüchtigkeit haben, die er bei seinem Kampf auf dem Kletterbaum benötigt.«

»Das Ersuchen ist genehmigt«, rief Loko und drehte sich fröhlich um sich selbst.

»Gelobt sei Gott der Barmherzige!« stieß Sor Cisa hervor. Sie faßte Postel um, richtete ihn vom Boden hoch und küßte ihn auf beide Wangen. Sie küßte auch Papa-Loko, Maître Horace und Elisa. Sie jubelte: »Der Herrgott ist weder Safesist noch Zacharianer«, rief sie. »Die Gnade der afrikanischen *loas* ist mit uns!«

Sie bückte sich, steckte den Daumen in das brennende Öl und beschrieb damit frohgemut Zeichen des Kreuzes auf Postels Stirn, Bauch, Brust, Armen und Knien. Sie steckte die Hand in den Hosenschlitz des Mannes und malte auch auf die Hoden ein Kreuz aus heißem Öl.

»Nun bist du ein ganz neuer Neger! Du bist der Henri Postel, der du bist!«

Sie schaute zur Seite, wo die Henne und der Hahn hockten. Sie stürzte sich auf sie, packte sie bei den Füßen, schwenkte sie noch einmal, mit dem Kopf nach unten, über Postel, und warf sie in das Loch, wo Papa-Loko sie im Handumdrehen lebendig verscharrte.

Sie gingen alle wieder in den Hinterraum der »Arche Noah«. Papa-Loko sank sofort auf einen Stuhl. Nachdem seine Aufgabe erfüllt war, hatte er nichts dagegen, daß sein *Pferd* den gewöhnlichen Trott im Leben des Cornélius Sébastien wieder aufnahm. Der öffnete die Augen als erstaunter, entkräfteter Zimmermann. Er kehrte völlig ausgelaugt von seinem Aufenthalt in dem erträumten Guinea zurück.

»Maître Horace«, sagte Sor Cisa, »bring doch Gevatter Cornélius nach Hause. Elisa und ich müssen mit Senator Postel allein sein.« Als der Schuster den Mund aufmachte und protestieren wollte, setzte sie hinzu: »Keine Angst. Wir haben nicht die Absicht, ihn zu erschöpfen. Was wir mit ihm vorhaben, wird ihn um so besser ruhen lassen. Bis morgen, Bruder Horace. Bis morgen, Gevatter Cornélius. Du warst heute abend ein wirklich wunderbarer Loko.«

Maître Horace war dem Zimmermann beim Aufstehen behilflich. Er reichte ihm den Arm, und die beiden Männer gingen wortlos hinaus.

»Warum hast du sie fortgeschickt?« fragte Postel.

»Was jetzt noch kommt, geht nur uns drei an. Du mußt den Schwung und die feurige Kampfeslust des jungen Postel zurückgewinnen.«

»Woher weißt du denn, daß ich sie nicht mehr habe?« fragte Postel.

»Hör mal, Senator«, sagte die Frau, »Sor Cisa, wie du sie kennst, ist mehr als bloß Sor Cisa. Auf den ersten Blick kann ich dir bei jedem beliebigen Mann sagen, ob es bei ihm klappt oder nicht. In deinem Fall ist das doch keine Schande. Wir wissen ja alle, was sie dir angetan haben.«

Postel senkte verwirrt den Kopf und wußte nicht, was er darauf erwidern sollte.

»Meine Cousine Elisa ist kein kleines Mädchen mehr. Sie ist eine richtige Frau.«

»Ich weiß«, sagte Postel.

»Wie denn?« staunte Sor Cisa. »Du hast doch noch gar nichts von ihr gesehen.«

»Ich weiß«, sagte Postel noch einmal.

Elisa, auf den Tisch gestützt, lachte mit zurückgeworfenem Kopf, feuchten Lippen, großen Augen; verteufelte Schenkel und Brüste, dachte Postel bei sich.

»Leg dich hin wie eben«, sagte Sor Cisa. »Und zieh deine dumme Unterhose aus.«

Postel sah die *mambo* verdutzt an.

»Muß das unbedingt sein?« fragte er.

»Ja, lieber Senator, zieh sie aus, es ist besser so. Du mußt ganz nackt massiert werden.«

Postel streifte die Unterhose ab. Sor Cisa holte sofort ein Fläschchen aus ihrem Mieder hervor, das alles mögliche zu bergen schien. Postel machte ein mißtrauisches Gesicht.

»Keine Sorge«, sagte sie, »es ist nur etwas zum Einreiben. Das Zaubermittel liegt in diesen Händen hier«, und sie hob Elisas Hände ins Helle.

»Was sagst du zu diesen beiden Wundern, Chef?«

»Feenhände«, meinte Postel.

»Ah, ah, ah, hör dir das an! Du hast Feenhände, Zaza! Na, dann laß sie mal arbeiten!«

Elisa griff lachend nach dem Fläschchen, das ihr die Frau reichte. Sie goß sich etwas von dem Einreibemittel in die hohle Hand und beugte sich über Postels nackten Körper. Als erstes nahm sie die Schulterpartien und den Nacken in Angriff, fuhr sacht mit den Fingerspitzen über die Fettpolster der Haut, zerdrückte sie jedoch nicht, sondern strich sie hoch.

Dann massierte sie mit professioneller Geschicklichkeit die Arme, den Bauch und die Beine des Mannes. Trotz des übermäßigen Alkoholgenusses, der schrecklichen Bewegungsarmut seines Lebens in Tête-Bœuf, der ungesunden Nahrung und fehlenden Hygiene hatte Postel noch klare Poren, eine feste Haut, elastisches Gewebe. Der Körper des Mannes hatte dem krankhaften Aufquellen widerstanden. Keine Spur von Zellwassersucht an der Unterseite der Arme oder am Nacken, nicht einmal an den Hüften oder am Bauch. Postels Beleibtheit dort war einfach stark entwickeltes Fettgewebe, ohne Verhärtungen oder Knötchen. Sosehr Elisa die Haut auch zwickte und faltete, sie blieb straff; ein paar blasse Druckstellen verschwanden nach kurzer Zeit wieder. Nur an den Schenkeln und Knien war das Gewebe locker geworden, und Schichten von Zellwassersucht bildeten ein Polster so dick wie die Schale einer bitteren Orange. Hier machte sich Elisa wesentlich länger zu schaffen: ihre erfahrenen Hände fuhren geschmeidig hin und her, kneteten die verhärteten Stellen kräftig durch. Postel hatte die Augen zugemacht, verkrampfte die Kiefer, preßte die Zähne zusammen, um den Schmerz zu verheimlichen, der von den kritischen Punkten seines Körpers aufstieg.

Sor Cisa verfolgte vom Fußende seines Lagers aus die Massage mit einem Schimmer überquellender Zärtlichkeit in den Augen. Sie begann leise ein altes Wiegenlied zu singen. Die warme Stimme der *mambo* führte Postel weit in die Vergangenheit zurück, zu den milden Abenden in Jacmel, wenn er einen Schnupfen oder einen verdorbenen Magen hatte und seine Mutter ihn mit duftendem Öl einrieb.

»Drehen Sie sich bitte um«, sagte Elisa, als sie mit Postels Beinen fertig war. Dieser legte sich auf den Bauch und zeigte den beiden Frauen eine sehr gerade Wirbelsäule, die beiderseits von noch vorspringenden Lenden und einem festen Rücken gestützt wurde.

»Monsieur Postel«, sagte Elisa, »Sie haben nur zugenommen. Sie leiden nicht an Fettsucht. Sie sind noch immer ein kraftvoller Mann.«

»Wenn Sie mich mit dreißig oder auch noch mit vierzig gesehen hätten. Ich war ein stämmiger Kerl, nicht wahr, Sor Cisa?«

»Du hättest ihn erleben sollen, Zaza. Senator Postel war ein schönes Mannstier. Als du Ende 56, beim Sturz von Präsident Pagloire, das letztemal in Tête-Bœuf gesprochen hast, gab es unter uns Zuhörern nicht wenige Frauen, die deine Arme in die Erregung ihrer ersten Todsünde zurückversetzten. Man konnte meinen, Gott hätte die Arme der Neger in der Vorahnung geschaffen, daß es eines Tages auf Erden die Gesten eines Henri Postel geben würde. Unter uns war an jenem Nachmittag eine Mordsfrau mit fröhlichen Rundungen, Vanessa hieß sie. Sie versicherte laut und vernehmlich, daß sie sich für eine Nacht in diesen Armen gern eine Brust abschneiden lassen würde. Weißt du, wer das war, Senator?«

»Nein«, sagte Postel, »der Name sagt mir nichts. Vanessa?«

»Eine wunderschöne Frau mit graugrünen Augen, die Tochter eines Deutschen und einer Negerin. Nun sag mir bloß nicht, Senator, du hättest Vanessa Hassler vergessen ... Du siehst, Zaza, er hat in seinem Leben so viele Frauen gehabt – wenn man ihre Röcke aneinandernähte, hätte man genügend Stoff, um damit ein Bett von mehr als hundert Quadratmetern zu bedecken!«

Elisa mußte so lachen, daß ihr das Fläschchen, das sie gerade zukorken wollte, aus der Hand fiel und zerschellte. Auch Postel wurde von einem unbändigen Lachen gepackt, er krümmte sich auf seinem Lager.

Als er wieder zu Atem gekommen war, sagte er: »Du übertreibst, Sor Cisa. Deine Cousine wird noch glauben, ich wäre ein Don Juan gewesen. Ich habe von der Liebe mehr als ein flüchtiges Schillern des Fleisches verlangt. Ich kann mich über die Frauen nicht beklagen. Mir wurde das große Glück zuteil, fünfzehn Jahre lang mit einer herrlichen Frau, einer echten Garten-Frau zusammen zu leben.«

»Und was hältst du von Elisa? Was ist sie für eine Frau?«

»Sie ist auch eine Garten-Frau«, sagte Postel, und sein Herz schlug bis zu den Sternen.

»Nun hör dir das an! Nennt dich eine Garten-Frau! Und kennt überhaupt nichts von dir. Du hast für ihn getanzt, Elisa. Du hast geholfen, den Tod aus seinem Körper zu vertreiben. Jetzt, liebe Cousine, mußt du ihm noch eine andere Gunst erweisen. Ja, zieh dich aus!«

Die Natürlichkeit, mit der Elisa ihre Sachen ablegte, hatte etwas Wunderbares. Sogar die Sturmlampe hielt den Atem an, der Docht knisterte in der Stille. Elisa stand in schimmernder Nacktheit vor dem Bett. Postel empfing sie sogleich wie eine wundertätige Bluttransfusion. Ihre Schönheit befreite den erstarrten Strom Pamelas und die Zeit mit den anderen Frauen, die er in der Wonne und dem Sturm seiner jungen Jahre erlebt hatte. Das Leben, die Lust zu leben, das Erleben führte ihn zu Elisa, schlank, rund, fest, von Kopf bis Fuß verführerisch, in den begeisternd schwarzen Konturen des Lebens. Sein Blut floß wieder leicht, munter, unerschrocken. Elisa bot ihm ein großes, feuriges Willkommen. Sie war das ganze Gegenteil von Baron-Samedi und seiner Elektrifizierung der Seelen. Postel ließ staunend und entzückt seine Sinne über die fünfhundert Poren jedes Quadratzentimeters ihrer Haut irren.

»Ich habe noch niemanden gesehen, der eine Frau so erlebt. Und du stehst wie angewachsen vor diesem Mann, als wärest du in deinem Garten eine Statue der Jeanne d'Arc. Laß deine zwanzig Jahre in seine Adern fließen!«

Während sich Elisa Valéry auf Postel legte, ergriff Sor Cisa die Flasche *kimanga.* Sie nahm einen kräftigen Mundvoll und begann das Paar damit eifrig zu besprühen. Die rituelle Flüssigkeit bildete Hitzeperlen auf ihren ineinander verschlungenen Gliedern. Der angespannte Ausdruck von verwirrter Weisheit in Sor Cisas Augen kündigte ihre Heimsuchung durch die Meisterin Erzili Fréda Toucan Dahomin an. Sie improvisierte das folgende Lied:

»Konté combien fam Postel gangnin:
moin konté youne, moin konté dé,
moin konté troi, moin konté
sept fam Postel gangnin,
min pi belle fam Postel
cé Elisa, Elisa Postel-ô!
A la gnou bel nêguesse
cé Elisa Postel-ô!
Elisa-ô! Elisa-ô!
jâdin-ou en bas du feu,
jâdin-ou mander rouzé,
si nan poin lotion
Postel va barou sang-li!
A la gnou bel moço fam
cé Elisa Postel-ô!« *

---

* Zählt wie viele Frauen Postel hat: / ich habe eine, ich habe zwei gezählt, / ich habe drei gezählt, / ich habe sieben gezählt, sieben Frauen hat Postel, / aber Postels schönste Frau / ist Elisa, Elisa Postel, oh! / Was für eine hübsche Negerin ist Elisa Postel, oh! / Elisa, oh, Elisa, oh! / Dein Garten steht in Flammen, / dein Garten muß gegossen werden, / wenn er nicht duftet / wird dir Postel sein Blut geben! / Was für eine schöne Frau / ist doch Elisa Postel, oh!

Sor Cisa tanzte im Rhythmus ihrer eigenen Stimme. Sie hob den Saum ihres Kleides hoch und füllte mit ihrem Tanz den freien Raum zwischen Bett und Tisch aus. Bald tanzte sie mit geschlossenen Augen, eingefriedet in das mythische Labyrinth Erzilis, ihre Weiblichkeit darstellend: Schauspielerin, Autorin, Hauptfigur und Leserin ihres Netzes der Freude und des Schmerzes; bald beobachtete sie das wunderbare Spiel des Paares. Sie erlebte buchstäblich seine Glückseligkeit mit, während ihre Stimme den Rhythmus des zögernden, schwer atmenden, strahlenden Festes maß, das vor ihren Augen heranreifte. Sie war das Paar und sie selber und die Göttin Erzili in der Begattung von Himmel und Erde und der Flutgeruch der beiden Geschöpfe, die den guten, köstlichen Kampf des flammenden Blutes bis zur Raserei führten. Erzili schickte den Duft der versengten Gräser Afrikas in Sor Cisas weit geöffnete Nasenlöcher, leidenschaftlich vermischt mit dem seit Urzeiten vertrauten Geruch des Koitus. Sor Cisa ließ das schmelzende Metall ihres eigenen Blutes in das herbe, gedrängte, gute, wunderbare Getümmel rinnen, das in der Nacht Leben und Sterben in diesen verzauberten Körpern miteinander verknüpfte. Der *Rada*-Rhythmus, aus der kreisenden Kraft des brennenden Blutes geboren, riß Sor Cisa mit sich fort, machte ihr schweres Matronenfleisch leichter, wiegte sie, brachte ihre Brüste und ihren ganzen Organismus mit den magischen, aufsteigenden Stößen der Begattung in Einklang, die sich glorreich ihr zur Seite vollzog.

Plötzlich beugte sich Sor Cisa über das Bett. Sie nahm die beiden von Küssen zerzausten Köpfe in ihre großen Hände. Sie rieb sie aneinander, wie sie es mit dem Hahn und der Henne getan hatte, ohne dabei mit Singen aufzuhören. Dann fuhr sie mit der rechten Hand zwischen die beiden betörten Leiber und rief: »Dank dem Barmherzigen! Die Flamme steht im Wind!« Mit brutaler Gebärde riß Erzili-Cisa Elisa von dem Mann weg.

»Er muß die Segel, die du ihm gesetzt hast, aufgezogen lassen«, rief sie. »Er wird sie am Kletterbaum brauchen.«

In ihrem schwindelnden Lauf gestoppt, taumelte Elisa vor Verlangen, mit wirren Haaren, blendender als je zuvor, bebend, keuchend vor Hoffnung und Hoffnungslosigkeit, kurz vor dem Orgasmus, der begonnen hatte, ihren Schoß aufzuwühlen. Ihr Postel schaute sie mit irren Augen an, die Hände wie ausgehungerte Vögel, mit flehendem Mund, heftig atmend, der ganze Orient des Lebens in seinem Männerblut aufgerichtet!

Sor Cisa raffte die Kleider der jungen Frau zusammen. Sie half ihr recht und schlecht beim Anziehen, den Slip linksherum, den Minirock verquer, die Bluse mit dem Rückenteil nach vorn, wobei sie vergaß, die brennende Brust zu bedecken. Ohne ein Wort zu sagen, nahm Sor Cisa Elisa in die Arme und trug sie aus dem Raum.

Als Postel erwachte, lag der Raum im vollen Sonnenschein. All die Geräusche, die zu einem Sonnabend in Tête-Bœuf gehörten, waren da. Er blickte auf den Wecker: zehn Uhr. Er hatte viel tiefer geschlafen als in der vorherigen Nacht. Lächelnd stellte er fest, daß er Arme und Beine bewegen konnte, ohne den geringsten Schmerz zu verspüren. Er fühlte sich in Hochform. Frohgemut ging er zur Tür. Er sah, daß er vergessen hatte, sie zu verriegeln. Er war mitten in einem Märchen eingeschlafen. Langsam schlug er einen Türflügel auf und entdeckte Elisa, die auf einer schattigen Bank im Hof saß, einen Korb neben sich.

»Guten Morgen«, sagte er, »ich bin gleich für dich da.« Er machte die Tür wieder zu. Er goß aus einem Krug Wasser in eine abgeplatzte Emailleschüssel. Er putzte sich die Zähne und wusch sich vergnügt mit Seife, den Hals, das Gesicht, die Arme, die Brust und alles übrige. Dann trocknete er sich ab, zog ein frisches Hemd und eine saubere Hose an und öffnete der jungen Frau.

»Guten Morgen, Henri«, sagte sie. »Wie fühlst du dich?«

»Wie neugeboren«, erwiderte er lächelnd. »Und wie geht es dir, Elisa?«

Sie antwortete nicht, stellte den Korb auf den Tisch und trat auf ihn zu.

»Mein Henri«, sagte sie und blickte ihn zärtlich an.

Er nahm sie in die Arme. Zum erstenmal sah er sie bei Tageslicht. Es war wirklich die Elisa Valéry der Nacht, die hier an seinem Körper bebte. Er fühlte, wie sie ihm mit den Fingern die Ohrläppchen streichelte. Ihre Brüste waren wie zwei Inseln in der Hitze, die in seinen Adern aufstieg. Er strich mit den Lippen über das Gesicht der jungen Frau.

»Werden wir uns wieder lieben?« fragte er sie.

»Ja, wir werden es immer und immer wieder tun. Richtig, bis zur Selbstvergessenheit.«

»Ja«, sagte er. »Und später wird ein Dichter sagen: Es war einmal ein von wahnsinniger Liebe besessenes Paar. Henri brauchte Hilfe. Elisa ist gekommen. Zwei Stunden nachdem er sie kennengelernt hatte, füllte sie die Leere seines Körpers und seines Geistes mit ihrer Schönheit aus. Die Kraft, die er in jener Nacht durch sie empfing, mußte er sorgsam bewahren. Der Schmerz der Welt war in seinem Blut. Er mußte ein Mann voller Glut sein. Du siehst«, schloß er, »es bedarf nur weniger Worte, um unsere Geschichte zu erzählen.«

»Du sprichst geradeso, als wäre alles zu Ende.«

»Das kann schon passieren. Ich rechne seit Jahren damit.«

»Sprich nicht so, mein Geliebter.« Sie setzte sich dem Mann auf die Knie und legte ihre nackten Arme um seine Schultern. »Ich ertrage es nicht, wenn du vom Tode sprichst.«

»Wir werden uns bald trennen müssen. Für ein paar Stunden oder für immer. Das spielt keine Rolle. Zuvor muß ich dich um etwas bitten. Vielleicht ist es mein letzter Wille.«

»Nein, das nicht«, sagte sie und küßte ihn überallhin, auf den Mund, die Augen, die Ohren, den Hals. »Das nicht ...«

Sie hielt ihm den Mund zu. Sie schluchzte und lachte zugleich, immer weiterküssend. Sie wurde in den Armen ihres Mannes noch runder und fruchtiger als am Abend zuvor.

»Du weißt«, sprach er weiter, »als ich mich in dieses Unternehmen stürzte, war mein Brunnen ausgetrocknet. Und da seid ihr gekommen, Maître Horace, Sor Cisa und du, meine Oktober-Zaza! Nichts Besseres kann einem Mann widerfahren. Hör zu, versprich mir, zu tun, worum ich dich bitte, ja?«

»Ich verspreche es dir«, sagte sie, ohne mit ihren Küssen nachzulassen.

»Wenn das eintrifft, du weißt schon, dann verständige dich mit Maître Horace und Sor Cisa. Ihr selber sollt mich beerdigen.«

»Nein, mein Henri, nein!«

»Wenn man erst einmal tot ist, ist alles unwichtig, was mit dem abstoßenden Gegenstand geschieht, zu dem man wird. Ich fürchte nicht, was unsere Feinde mit dem gewesenen Postel anstellen könnten. Was ich nicht will, sind die Klagegesänge, das Geschrei, der ganze schaurige Ritus, der noch verbreitet ist.«

»Wie willst du es haben, damit das alles nicht ist?«

»Bringt den Ex-Henri in unsere Berge. Singt, tanzt, begeht seinen Tod mit den Trommeln der heiteren Tage ...«

»Sprich nicht so etwas. Unsere glückliche Liebe wird eine Geschichte haben.«

»Eine Ausnahme von der Regel?«

»Ja. Du wirst den Wettkampf gewinnen.«

»Ja.«

»Danach haben wir Zeit genug, uns zu lieben.«

»Ja.«

»Außer mir werden dir viele Leute beistehen. Ich will nackt für die Schöpfungen deines Geistes, deiner Arme auftreten ...«

»So wie gestern abend?«

»Noch besser. Jetzt mußt du dich aber stärken. Du wirst Hunger haben.«

»Großen sogar. Kannst du auch kochen?«

»Du magst gebratenes Hühnchen, gebackene reife Bananen, Yoghurt und Ananas.«

»Genau getroffen. Wirst du dieses Essen mit mir teilen?«

»Nein, ich habe schon zu Hause gefrühstückt. Laß es dir nur schmecken.«

Sie öffnete den Korb und stellte Teller und Schüsseln auf den Tisch.

»Weil du noch schliefst, habe ich das Essen auf dem Kocher von Maître Horace im Wasserbad warm gehalten. Lang zu, damit es nicht kalt wird.«

»Ach, du hast Maître Horace schon gesehen? Merkwürdig, daß er noch nicht gekommen ist!«

»Seit dem frühen Morgen empfängt er statt deiner alle möglichen Leute, die dich sprechen möchten. Unter ihnen war ein sehr interessanter junger Mann.«

»Ach, ja? Wer denn?«

»Das kann dir Maître Horace besser erklären als ich.«

»Wie aufregend. Und Sor Cisa hast du doch sicher auch schon gesehen«, sagte er und kaute mit großem Appetit.

»Nein, sie ist etwas erledigen gegangen.«

»Und was gibt es Neues in der Stadt?«

»Eine seltsame Geschichte geht in Port-au-Roi um!«

»So? Was redet man denn?«

»Aller Augen sind auf den Kletterbaum gerichtet!«

»Erzähl mal«, sagte Postel.

»Weißt du, für dich ist das nicht besonders wichtig: Geschichten ohne Hand und Fuß. Ich finde das alles furchtbar traurig.«

»Das macht doch nichts, erzähl nur.«

»Heute früh, noch vor Tagesanbruch, ist es auf den Märkten der Stadt zu panikartigen Szenen gekommen. Auf dem Markt Vallières, auf dem Markt Salomon, auf der Croix-des-Bossales haben Hunderte von Händlern, die gerade ihre Stände aufbauten, unter Schreckensrufen Reißaus genommen.«

»Was ist denn passiert?«

»Es hatte sich herumgesprochen, daß der Kletterbaum schon um zwei Uhr nachts von der Place des Héros verschwunden sei. Augenzeugen wollen gesehen haben, wie ihn Soldaten auf einen Kranwagen geladen und in aller Eile in den Palast gebracht hätten. Drei Stunden später wäre der Kletterbaum dann ganz von alleine die Treppen des Palastes hinabgestiegen, vor ihm her ein riesenhafter Ziegenbock, der eine rote Jacke anhatte und zwischen den Hörnern eine Krone aus brennenden Kerzen trug. Statt nun aber an seinen Platz zurückzukehren, sei der Mast wie ein langes Holzbein durch die Rue Montalais zur Kathedrale gestiefelt. Monsignore Wolgondé hätte ihn persönlich empfangen und ein *Te Deum* für ihn gesungen, umringt von Diakonen und Subdiakonen. Nach der Zeremonie sollen sich der Kletterbaum und sein gehörnter Führer zu den Märkten in der Stadt begeben haben, um sich mit frischem Obst und Gemüse vollzustopfen ...«

»Der Phantasie sind in unserem Land keine Grenzen gesetzt. Bist du dir darüber im klaren?«

»Ja, die Leute drehen durch. Es wird erzählt, der Kletterbaum sei ein zum König gekrönter General, ein gewisser Siegfried von Phallus oder Phalbus! Der Ziegenbock, der ihm in der Dämmerung den Weg gewiesen habe, soll kein anderer als Clovis Barbotog selbst gewesen sein. Man glaubt auch, daß du dir einen *point chaud* verschafft hast.«

»Du siehst, Elisa, wo wir hingekommen sind; für die Stadt bin ich eine Art tropischer Gilgamesch. Und du, weißt du, wer du bist?«

»Nein.«

»Die Nymphe Sabitou, die ich nach dem Weg frage, der auf die Spitze des Kletterbaumes führt.«

»Und was antworte ich dir?«

»›Ach, Henri, es gibt keinen Weg dorthin. Niemand hat je das Meer oder die Wüste durchquert, die vor uns liegen. Wer außer Shamash, der Sonne, sollte es schaffen? Erfreue dich lieber an dem Fest, das dich bei Tag und Nacht in meinen Armen erwartet!‹«

»So schätzt du mich also ein? Heute morgen hat eine Nachbarin zu mir gesagt: ›Henri Postel ist nicht von allein zu diesem Kampf angetreten. Bestimmt ist er in Trou-Foban gewesen und hat sich einen *point chaud* verschafft.‹ – ›Du irrst, meine Liebe‹, habe ich ihr darauf geantwortet, ›der *point chaud* sitzt in ihm selber, es ist sein eigener rebellischer Wille!‹«

»Glaubst du das ehrlich?«

»Ja, Henri. Du hast ja nur meinen ... Garten kennengelernt, wie du sagst. Weißt du, als ich dich am Kletterbaum kämpfen sah, haben die Worte eines Dichters, den ich sehr liebe, in meinen Augen einen ganz neuen Sinn bekommen: ›Erfahrung ist der Stock der Blinden, und was zählt, da du mich danach fragst, ist die Rebellion und das Wissen darum, daß der Mensch der Bäcker des Lebens ist.‹ Gestern abend ist kein mythischer Held in mich eingegangen, sondern der *Bäcker* Henri Postel!«

»Was du da sagst, tut mir genauso wohl wie das, was wir heute nacht miteinander erlebt haben. Ich liebe dich!«

»Ich liebe dich auch, mein süßer chaldäischer König«, sagte sie lachend. »Iß weiter.« Sie nahm neben ihm Platz. Sie saßen schweigend, jeder in den andern hineinlauschend. Postel aß langsam und mit Genuß das Huhn. Als er fertig war, schraubte Elisa eine Thermosflasche auf. Sie goß ihm Orangensaft ein, dem ein Extrakt aus Karotten und roten Rüben beigefügt war. Postel nahm schweigend einen Schluck von dem eiskalten Getränk.

»Alles war köstlich«, sagte er. »Fast so wie du.«

Sie senkte den Kopf, und das Blut schoß ihr in die Brüste. Sie lächelte ihm zu.

»War es so gut?«

»Das Essen oder du?«

»Ich.«

»Du hast doch gemerkt, daß Männer immer dieselben Worte benutzen, wenn ihnen etwas Freude macht, sei es eine Mahlzeit, eine Frucht, ein Getränk oder eine Frau: süß, gut, ausgezeichnet, köstlich, lecker oder etwas in dem Stil. Seit es den Liebesakt gibt, ist noch kein gültiges Wort gefunden worden, das die Eigenart oder das Wunder der Lust benennen könnte, das man dabei empfindet, *sich durch das Blut zu erleben.* Nach dem Koitus sagt man von einer Frau, sie sei reizend, süß, gut oder lecker ...«

»Vielleicht gibt es dieses Wort in anderen Sprachen, Liebling. Nicht wahr?«

»Das würde man wissen. Alle Welt hätte es übernommen. Was die Liebe anbelangt, ist das Menschengeschlecht noch unterentwickelt.«

»Für uns beide wird man dieses leuchtende Wort erfinden und es allen Liebenden der Welt zum Geschenk machen!«

»Ja, mit dir angefangen. Aber jetzt mußt du mir Maître Horace holen. Wenn noch mehr Leute kommen sollten, empfängst du sie.«

Elisa erhob sich, küßte Postel auf den Mund und ging hinaus.

Als Horace eintrat, saß Postel noch immer am Tisch mit strahlend heiterem Gesicht.

»Setz dich«, sagte Postel. Er nahm ein Glas und goß den restlichen Saft aus der Thermosflasche ein.

»Trink das, Bruder«, sagte er. »Schmeckt besser als das Elixier der Feen.«

»Elisa auf Flaschen gezogen, was?« sagte der Schuster lachend.

»Du weißt ja, eine Garten-Frau.«

»Also hatte ich gestern abend doch recht, als ich von frischen Hormonen sprach ... Noch nie habe ich zwei

Menschen erlebt, die auf den ersten Blick so voneinander entzückt waren.«

»Ist es dir so sehr aufgefallen?«

»Na und ob, Chef. Ich sehe, du bist in ausgezeichneter Form.«

»Ich bin mir heute früh wie ein mesopotamischer König vorgekommen. Aber nun zur Sache.«

»Hat dir Elisa von den Gerüchten in der Stadt berichtet?«

»Sie hat mir nicht alles erzählt. Du hast fortwährend Besucher empfangen?«

»Ja, viele Leute wollten dich sehen.«

»Haben sie denn keine Angst, daß sie denunziert werden könnten?«

»Sie haben das Risiko auf sich genommen. Die weniger Mutigen brachten zum Schein ein Paar alte Schuhe zum Besohlen mit. Jeder wollte dir eine Weissagung, einen Traum, einen Ratschlag, eine Erfahrung oder eine Ermutigung sagen, um dir zu helfen. Wir haben einige Mühe gehabt, Elisa und ich, ihnen klarzumachen, daß du nicht gestört werden durftest. Da war ein kleiner Alter, der sich um nichts in der Welt abweisen lassen wollte. Er ist extra aus Cabaret gekommen, um dich zu sprechen, ist die ganze Nacht unterwegs gewesen ...«

»Tatsächlich?«

»Ich weiß auch nicht, wie er es angestellt hat, so abgezehrt und dürr und ausgelaugt, wie er war, mit nackten Füßen, in Lumpen gehüllt. Aber mit leuchtenden Augen. Er versicherte, er hätte schon lange auf deine Tat am Kletterbaum gewartet. Dann hat er aus seinem schmierigen Beutel eine große Uhrmacherlupe gezogen, die er dir bringen wollte. ›Seit Jahren wartet das Schicksal Postels, das in diesem Stern eingeschlossen ist, auf die Stunde der Erlösung‹, schrie er, daß ihm die Augen aus dem Kopf traten. ›Es steckt hier drin, das schwöre ich Ihnen. Sehen Sie doch mal: ist es das nicht?‹ Dabei hielt er mir die Lupe vor die Nase. ›Wecken Sie Postel sofort. Ich muß ihm seinen Stern um den Hals hängen!‹ Er wollte keine Vernunft annehmen. Als er des Überredens müde war, begann er Elisa und mich zu beschimpfen. ›Verdammter Mörder von Schuster‹, sagte er, ›Taugenichts! Und du, geile Hexe‹, womit er Elisa meinte, ›ich scheiß auf dein hübsches Hinterteil! Ihr betreibt beide seinen

Untergang! Das ist alles in dieser Lupe drin!‹ Dann ist er aufgestanden, hat uns beide angespuckt und ist gegangen, mit Schaum auf den Lippen und flammenden Augen . . .«

»Wie ein wahrer Bürger des Großen Zacharianischen Reiches«, sagte Postel.

»Ja, Chef, die phantastischen Gerüchte, die das SAFES in Umlauf bringt, verwirren die Gemüter.«

»Sie glauben, ich bin in ein Hexenabenteuer verstrickt, nicht wahr?«

»Nicht alle, Chef.«

»Elisa hat mir von einem interessanten jungen Mann erzählt.«

»Über den will ich gerade mit dir sprechen.«

»Hat er seinen Namen genannt?«

»Ja, Jean-Jacques Brissaricq.«

»Sicherlich ein Deckname. Was ist er für einer?«

»Ein Bursche von etwa fünfundzwanzig, groß, breitschultrig, mit übermütigen Augen und einem intelligenten, eigenwilligen Gesicht.«

»Ich wüßte nicht, wer das sein sollte.«

»Einer aus der kommenden Generation. Er schien mir vor Optimismus, menschlicher Wärme und Beherztheit überzuquellen.«

»Also erzähl.«

»Sie sind ein paar hundert junge Leute, die sich unter absoluter Geheimhaltung militärisch organisieren. Da die Elektrifizierung der Seelen auf Gewalt beruht, wie er sagte, kann das Land auch nur durch Gewalt davon befreit werden.«

»In dem Fall muß er mich wohl für einen Verrückten halten.«

»Keineswegs. Sie sehen in dir einen hervorragenden, fortschrittlichen Bürger, mit einem Übermaß an persönlichem Mut.«

»Und warum haben sie mich dann von ihrer Bewegung ferngehalten?«

»Brissaricq hat mir das ganz aufrichtig erklärt: sie mißtrauen dem, was sie den ›moralischen Individualismus Postels‹ nennen. ›Einer der schwersten Vorwürfe, die wir gegen Postel erheben‹, hat er gesagt, ›ist seine Neigung, die Dinge einzig und allein unter ihrem moralischen Aspekt zu sehen. Man macht kein Omelett, ohne Eier aufzuschlagen, und keine Revolution, ohne daß Köpfe rollen.‹«

»Die jungen Leute beziehen sich zweifellos auf meine Predigten im Senat. Es stimmt schon, ich habe oft genug verkündet, daß das Gewissen eines Menschen nicht besser funktioniert als ein Verdauungskanal, wenn sich dieser Mensch nicht durch irgendeine Ungerechtigkeit, die an irgendeinem Ort der Welt gegen irgend jemanden begangen wird, als Individuum verletzt fühlt. Das ist mein moralischer Individualismus ...«

»Sie haben den Eindruck, daß du deiner eigenen Ehrenrettung wegen an dem Wettkampf teilnimmst. Sie glauben nicht, daß in einem derartig gelähmten Land wie dem unsrigen das Beispiel eines einzelnen als Kollektivzünder wirken kann.«

»Nicht eine Sekunde lang ist es mir in den Sinn gekommen, daß meine individuelle Tat das Land aufrütteln könnte. Seit Jahren vor die Wahl zwischen einer vollendeten Zombifizierung oder einem Weggang ohne Rückkehr gestellt, habe ich den Kampf am Kletterbaum vorgezogen. Nichts weiter.«

»Wie dem auch sei, Brissaricq und seine Gefährten haben versprochen, dir zu helfen.«

»Ach, wirklich? Hat er das gesagt?«

»Ihrer Meinung nach ist die Stadt nach den gestrigen Ereignissen in zwei Lager gespalten: auf der einen Seite Zacharias und sein Clan, auf der anderen Seite die Masse derer, die deinen Mut und deinen Einsatz bewundern. Bevor er sich verabschiedete, hat Brissaricq folgendes zu mir gesagt: ›Wenn wir gewußt hätten, daß sich Postel in dieses Abenteuer einläßt, würden wir ihm eine Lösung vorgeschlagen haben, die unserer Aktionslinie angemessener gewesen wäre. Sag ihm, daß er auf unsere volle Unterstützung bauen kann.‹«

»Das ist wunderbar«, sagte Postel.

In diesem Augenblick trat Sor Cisa über die Schwelle der »Arche Noah«. Die beiden Männer erhoben sich. Die Frau war in Schweiß gebadet und zupfte fortwährend am Ausschnitt ihres Mieders, um Luft an ihren mächtigen zusammengeschnürten Busen zu lassen. Sie blickte verstört, ihr Gesicht war erschreckend verhärtet und die Lippen noch wulstiger als sonst.

»Setz dich, Sor Cisa«, sagte Postel. »Möchtest du ein Glas Wasser?«

Sie stürzte das frische Wasser, das ihr Maître Horace aus einem Krug eingoß, gierig hinunter.

»Jetzt geht es mir schon besser«, sagte sie nach dem dritten Glas und wischte sich mit dem Handrücken über den Mund. »Und du, Senator, wie fühlst du dich?«

»Danke, Sor Cisa, es könnte nicht besser sein.«

»Gott sei Dank«, sagte sie, und ihr Blick sänftigte sich. »Ist meine Cousine hier gewesen?«

»Ja, Elisa hat mir ein herrliches Frühstück gebracht. Ein richtiges Festessen.«

»Und was hat sie dir noch gebracht?«

»Ihre liebliche Gegenwart.«

»Das ist recht. Ihr werdet noch genügend Zeit für einen tüchtigen Sturm haben. Und wo ist sie jetzt?«

»Sie empfängt bei Maître Horace die Besucher.«

»Aha, Zaza spielt bereits die Rolle von Madame Henri Postel. Bravo! Sie hat ja auch das Zeug dazu, nicht wahr?«

»Ich denke schon«, sagte Postel lachend.

»Aber jetzt, Sor Cisa«, mischte sich Maître Horace ein, »erzähl erst einmal, was heute vormittag los gewesen ist.«

»Ja«, ergänzte Postel, »was hast du überhaupt gemacht?«

»Was ich gemacht habe? Ich bin in einem fort unterwegs gewesen und habe eine Menge erfahren. Der Feind hat die letzte Nacht nämlich auch nicht verschlafen. Aber soll mich doch der Blitz treffen! Am Ende wird Papa-Loko doch recht behalten. Dieser Mörder von Präsident kann ruhig schreien: ›Der Kletterbaum, das bin ich!‹ Als Sieger wird ein Postel aus dem Wettkampf hervorgehen!«

»Was erzählst du da, Sor Cisa?« staunte Maître Horace. »Zacharias und der Kletterbaum sollen ein und dasselbe sein?«

»Ja, Papa. In dem Paradies, in dem wir leben, kann ein mit Scheiße eingeschmierter Kletterbaum Präsident auf Lebenszeit sein und umgekehrt. Doch, doch, lieber Schuster, der Kletterbaum ist in der Nacht in den Palast gebracht worden. Seit drei Uhr morgens sind er und der Große Elektrifizierer bloß noch ein einziger *baka.* Ich habe das von einem Augenzeugen. Und wißt ihr von wem? Von einem Teilnehmer am Wettkampf: von Ti-Lab, dem Matrosen, dem jüngsten der Männer, die wir gestern gesehen haben. Ich bin dank einer Kundin, die eine Freundin seiner Frau ist, mit ihm zusammengetroffen, bei ihm zu Hause in Portail-Léogâne. Ohne sich erst lange bitten zu lassen, hat mir Ti-Lab erzählt, was er in der Nacht gesehen hat.«

Am Freitagabend gegen zehn Uhr, Ti-Lab lag bereits im Bett, hielt ein Jeep des SAFES vor dem Haus. Ein Polizist stieg aus und befahl dem Matrosen mitzukommen. Ti-Lab glaubte schon, sein letztes Stündlein habe geschlagen. Aber im Palast angekommen, wurde er höflich in einen hell erleuchteten Salon gebeten, wo die meisten seiner Mitstreiter vom Nachmittag warteten. Nur Henri Postel und Pascal Joubert fehlten. Letzterer trat ein paar Minuten später ein, von Barbotog persönlich geleitet. Gegen elf Uhr erschien der Obergeistliche, gefolgt von seiner Frau, seinen fünf Töchtern, Barbotog, Moutamad und den wichtigsten Machthabern der Regierung: Boss Pintrel, Elo Bobo, Tas Désiré und anderen, alle in Begleitung ihrer Frauen. Unter den Militärs erkannte Ti-Lab General Konstard, die Obersten Edgar Boipiraud und Harry Dainmond sowie Major Claude-Lukner Cabron. Anwesend waren auch die Journalisten Daumac und de Casaldiol.

Kurz nach der Ankunft von Zookrat Zacharias wurde der unheimlichste *bokor* des ganzen Landes in den Salon geführt: Siméon Sieben-Tage-Finsternis, der unheilbringende Anführer der Bruderschaft *Cochons-sans-poil.* Er war ganz in Weiß gekleidet und hatte ein bunt bemaltes Stöckchen in der Hand. Er erklärte ohne Umschweife, daß das Ritual vom Nachmittag, wenngleich von Baron-Samedi mit großem Geschick ausgeführt, allein nicht ausreichen würde, Henri Postel den Weg auf den Kletterbaum zu versperren. »Dieser schurkische Postel«, sagte der *zobop,* »ist mit einer Haube und den Füßen voran auf die Welt gekommen. Einen Teil seiner Kindheit hat er unter Wasser verbracht. Deshalb konnte er den Bemühungen meines Chefkollegen Baron-Samedi spotten. Als ich ihn am Mast sah, habe ich sofort gemerkt, daß wir es mit einem von Kopf bis zu den Füßen gewappneten Burschen zu tun haben. Das ist ein ganz Hartgesottener! Bei denen bedarf es der ganz starken Mittel, und deshalb bin ich hier.«

Darauf fragte ihn Präsident Zacharias: »Ehrwürdiger Sieben-Tage, was muß Eurer Meinung nach getan werden, um den Baum unter Postel zu elektrifizieren?« Der *bokor* nahm seinen komischen grauen Schädel zwischen beide Hände und überlegte. Nach einer Weile erklärte er: »Dem Baum, Exzellenz, muß Euer eigener Atem, der Atem des Großen Elektrifizierers der Seelen des Großen Zacharianischen Reiches, eingehaucht werden. Euer Exzellenz müssen tatsächlich mit Eurem ganzen lebenden Menschenblut in den Pflanzenstrom des Stammes eindringen, damit Ihr sagen könnt: Dieser Kletterbaum ist mein Staat, ich bin er!«

Bei diesen Worten ging ein Schauer der Bestürzung durch den Salon. Nur der Präsident selber blieb gelassen, als hätte der *zobop* ihm eine kleine Luftveränderung auf dem Lande empfohlen. Er erwiderte ruhig: »Ehrwürdiger Sieben-Tage, sagt, was getan werden muß. Eure Worte sind Befehl für alle, die hier in diesem türkisblauen Salon versammelt sind!« Siméon verlangte, daß der Kletterbaum sofort herbeigeschafft werde. Der Präsident flüsterte Oberst Boipiraud etwas zu, der darauf sofort den Raum verließ. Unterdessen traf Siméon, von Monsignore Wolgondé assistiert, der ebenfalls anwesend war, in fieberhafter Eile die Vorbereitungen für die Zeremonie. Mit Kaffeesatz zeichnete er furchterregende *vevés* auf den Parkettfußboden des Salons. Man sah, wie die Konturen eines Grabes entstanden, auf das Siméon mit roter Kreide schrieb: Hier ruht der Mulatten-Noah aus Tête-Bœuf, der elende Henri Postel!

Nach einer knappen halben Stunde schleppten mehrere Trupps von Soldaten den Kletterbaum in den Salon. Sie legten ihn wie den Leichnam eines Ungeheuers der Länge nach auf den riesigen blutroten Teppich. Sofort forderte Siméon den Präsidenten auf, sich auszuziehen. Seine Exzellenz legte seine Kleidungsstücke ab. Als er nackt wie ein Regenwurm dastand, faßte ihn der *bokor* bei der rechten Hand, hielt sie hoch und lief mit ihm zweimal durch den ganzen Raum, einmal linksherum und einmal rechtsherum. Vor jedem offenstehenden Fenster hieß er ihn anhalten und schwenkte die erhobenen Arme Seiner

Exzellenz dreimal in alle vier Himmelsrichtungen.

Dann band Siméon dem Präsidenten ein rotes Tuch um den Kopf und setzte ihm eine Krone aus brennenden Kerzen auf, wobei ihm Monsignore Wolgondé und Nildevert behilflich waren. Darauf gab er ihm aus drei Flaschen zu trinken, die mit *kimanga*, *migan* und *mavangou* gefüllt waren. Während Seine Exzellenz mit hängender Zunge nieste, malte ihm der *bokor* indigofarbene Hakenkreuze auf Stirn, Brust, Leib und das aufgerichtete Glied. Danach zog Siméon ein Beutelchen aus der Tasche. Er erklärte, daß es Erde enthalte, die vom Grabe des verstorbenen Präsidenten John F. Kennedy stamme und heimlich vom Arlington-Friedhof in Washington entwendet worden sei. Er mischte sie mit Mehl und machte damit die Augenbrauen, den Schnurrbart, die Achsel- und Schamhaare von Zookrat Zacharias weiß. Dann hat Ti-Lab gesehen, wie sich Siméon bückte, damit Seine Exzellenz ihm auf den Rücken klettern konnte. Tanzend wandte er sich mit seiner Präsidentenbürde zur Eingangstür des türkisblauen Salons. An der Schwelle ging er dreimal vor und zurück, ohne sie jedoch zu überschreiten. Dann zögerte er einen Augenblick und kehrte nach mehreren Drehungen im gleichen Tanzrhythmus zu seinem Ausgangspunkt inmitten des Salons zurück. Währenddessen klatschten die Anwesenden in die Hände und nahmen mit hoher Stimme im Chor den Refrain des Totenliedes auf, den Nildevert als erster angestimmt hatte.

Nachdem Siméon Zacharias wieder abgesetzt hatte, forderte er die engsten Mitarbeiter Seiner Exzellenz auf, ihn ihrerseits herumzutragen. Der Matrose sah, wie Ange Zacharias, Oberst Boipiraud, Major Cabron, Madame Saint-Totor, Madame Ti-Cadolphe, Monsignore Wolgondé, Senator Silfort, Präfekt Crafkir, Oberst Daimmond, Espingel Nildevert und andere der Reihe nach mit dem Geistigen Lenker auf dem Rücken tanzten.

Schließlich war es soweit, daß Zacharias zu blöken begann, den Kopf zwischen die Schultern zog und so wütend aussah wie ein wilder Stier, der jemanden aufspießen will. Da nahm Siméon den Mund voll *kimanga*. Er besprühte damit das Gesicht, den Nabel und das blankgezogene Glied des Präsidenten. Dann forderte er ihn auf, sich bäuchlings auf den Kletterbaum zu legen und einen Begattungsakt vorzutäuschen. Zacharias fügte sich. Aber Siméon mußte die Obersten Boipiraud und Dainmond bitten, dem Präsidenten behilflich zu sein, das Gleichgewicht auf dem Kletterbaum zu halten. Tatsächlich rutschte der kleine nackte Mann ungeschickt von der einen Seite seines Doubles zur anderen und blökte dabei mit schäumendem Mund. Die Frauen in der ersten Reihe der Zuschauer hatten die hitzigen und verstörten Augen brünstiger Stuten: sie saßen mit gespreizten Schenkeln, unterdrückten stöhnendes Gewieher und fuhren sich mit violettfarbenen Zungen über die brennenden Lippen. Ihre Männer saßen wie erstarrt auf ihren Plätzen, trieften vor Schweiß und waren trotz der Nachtkühle dem Ersticken nahe.

Ti-Lab sah den entscheidenden Augenblick der ganzen Prozedur kommen: Siméon stellte den Geistigen Lenker wieder auf die Füße, hockte sich vor ihn hin und machte dreimal Miene, ihm mit den Zähnen die Genitalien herauszureißen, als wäre Zookrat Zacharias der Ziegenbock oder der Stier einer gewöhnlichen Opferhandlung. Dann hielt der *baka* Seiner Exzellenz ein großes Gefäß aus Steingut vor den Unterleib und tat so, als finge er damit dessen Blut auf. Schließlich kniete er nieder und sprach folgendes Gebet:

»Im Namen des Salzes, der Fastnachtsasche, der geriebenen Muskatnuß, im Namen des sternförmigen Anis, der Stiergalle, des Blutes einer jungfräulichen Ratte und der Gerberlohe, im gottverdammten Namen der schwarzen Melasse und des Rums, die in diesem Gefäß mit dem frischen Blut des Präsidenten Zookrat Zacharias und seines Doppelgängers aus talgbeschmiertem Holz vermischt sind, durch mein Bemühen zu einem einzigen heiligen Sturm, einem einzigen elektrischen Strom verknüpft, wird der Ex-Senator der Republik Henri Postel spätestens am Sonntagnachmittag bei der bloßen Berührung mit dem *poteau-mitan* der Elektrifizierung der Seelen zerschmettert werden! Amen.«

Nachdem er von dem *migan* gekostet hatte, goß Siméon einen großen Löffel davon über den Kletterbaum. Einen Löffel voll davon gab er dem Präsidenten, desgleichen der Reihe nach allen Anwesenden, angefangen mit der Familie des Präsidenten und den Mitgliedern des Ministerrats.

Am Schluß dieser Handlung forderte Siméon den Präsidenten auf, folgende Worte nachzusprechen: »Vorwärts, mutiges *Pferd* des Zookrat Zacharias, bring Henri Postel, ohne einen Blick zurückzuwerfen, in das Land, wo *Marinette Bois-Sec* Hyänen, Tiger und die anderen beutegierigen Ex-Senatoren bändigt!«

Als Ti-Lab den Präsidenten diese Worte grölen hörte, spürte er, daß er seine Zunge nicht mehr länger im Zaume halten konnte, so sehr hatte sich in ihm das Verlangen aufgestaut, herauszuschreien, was er von der ganzen Sache hielt, und »Es lebe Postel« zu rufen, bevor man ihm den Schädel einschlagen würde. Aber ihm fehlte der Schneid dazu. Weil er seine Wut hinunterschlucken mußte, verlor er die Besinnung. So sah er auch nicht mehr, wie die Todesmesse ausging.

Als Ti-Lab wieder zu sich kam, war draußen bereits hellichter Tag. Die Bäume im Garten hoben sich deutlich gegen den auberginenfarbenen Himmel ab. Ti-Lab befand sich mit Nildevert allein in dem Salon. Nicht weit von ihnen pickte ein riesiger roter Hahn gierig Maiskörner auf, die Siméon auf dem Perserteppich ausgestreut hatte. Nildevert blickte den Hahn fasziniert an und flüsterte Ti-Lab zu, dies sei der ehrenwerte Mesmin Crafkir, der Präfekt von Port-au-Roi. Crafkir hörte von Zeit zu Zeit mit dem Picken auf, um siegesgewiß zu krähen. Der Kletterbaum war verschwunden, ebenso der Präsident, dessen Familie und die Gäste. Ti-Lab lag mit kalten Kompressen auf der Stirn in einem Prunksessel. Nildevert sagte ihm, daß ihn ein *loa* niedergeschlagen habe, der für seinen Matrosenschädel zu stark gewesen sei. Nildevert erklärte Ti-Lab auch, daß kurz zuvor der General König Siegfried von Phalbus auf Befehl von Siméon Sieben-Tage plötzlich vom Teppich aufgestanden sei. Wegen seiner Größe hätte er sich bücken müssen, um den Palast verlassen zu können, angeführt von einem riesenhaften Ziegenbock, der kein anderer als Oberst Boipiraud gewesen sei. Mit stelzbeinigem Schritt und begleitet von seinem Adjutanten hätte sich der Kletterbaum zur Kathedrale begeben, wo Monsignore Wolgondé ihm zu Ehren eine Dankmesse lesen werde. Vor seiner Rückkehr auf die Place des Héros habe General von Phalbus dann noch die Absicht, die Märkte der Stadt aufzusuchen, um seinen kräftigen Appetit zu stillen. Wie Präsident Zookrat pflege der von Phallus oder Phalbus am frühen Morgen große Mengen an Kräutern, Gemüse und vor allem frischem Obst zu verspeisen.

Dann wurde Ti-Lab in einem Jeep nach Hause gebracht. Beim Verlassen des Palastes drückte ihm der wachhabende Offizier einen Umschlag mit siebenundfünfzig Dollar und dreizehn Cents in die Hand. Er schärfte ihm ein, den Mund zu halten, wenn er Postel nicht auf seiner letzten Reise begleiten wolle.

Als Sor Cisa den Matrosen Stunden später sah, war seine Vorstellungskraft noch immer lebhaft mit dem beschäftigt, was er in der Nacht gesehen und gehört hatte. Er machte sich große Sorgen um Henri Postel. Darauf erzählte ihm Sor Cisa von der *contre-expédition* in der »Arche Noah«. Nach Papa-Lokos ausgezeichneter Arbeit, versicherte sie ihm, habe Postel von seinen Feinden nichts mehr zu befürchten. Er sei zur Genüge gewappnet, um zehn *bakas* und zehn *loups-garous* von noch größerer Bosheit als Siméon Sieben-Tage-Finsternis zu widerstehen. Postel habe jetzt seine beiden *Bons-Anges* in den Händen, den Beinen und den Hoden gut befestigt, gottlob. Zacharias von Phalbus würde sie schon zu spüren bekommen. Ti-Lab, der bis dahin kein Auge hatte zutun können, war unter Sor Cisas Augen wie ein kleiner Junge eingeschlafen, der mit sich und der Welt zufrieden ist.

So lautete der Bericht, den Sor Cisa mit ihren eigenen Worten den beiden Männern gab, die ihr aufmerksam zuhörten. Als sie geendet hatte, sagte der Schuster: »Du siehst, Chef, in dieser Stadt ist noch nicht alles verloren.«

»Ja«, sagte Postel, »die Hoffnung hat noch ihre Pforten in Port-au-Roi.«

»Mehr, als man glaubt«, sagte Sor Cisa. »Als ich von Ti-Lab kam, habe ich mich schnurstracks nach Carrefour aufgemacht. Ich habe Pascal Joubert besucht, einen der anderen Kletterer, der in der Nacht ebenfalls im Palast gewesen ist.«

»Pascal Joubert – ich weiß nicht, welcher das ist«, sagte Postel.

»Ich auch nicht«, setzte Maître Horace hinzu.

»Was denn, meine Herren, ihr kennt den *Packesel* mit den auseinanderstehenden Augen nicht? Den, der am

Kletterbaum so viel Mätzchen gemacht hat, daß Dr. Merdoie ihn mehrmals zur Ordnung rufen mußte? Wißt ihr es immer noch nicht?«

»Ach der, der sich wie ein Catcher aufführte?« sagte Postel.

»Etwa der, der mit den Beinen strampelte und wie ein Tier im Schlachthof blökte?« fragte Maître Horace.

»Genau der«, bestätigte die Frau.

»Dann erzähl mal, Sor Cisa«, forderte Postel sie auf.

Als Sor Cisa am Nachmittag auf dem Platz Joubert sah, hatte sein Gehabe sie sofort an jemanden erinnert. Wer mochte dieser Neger-Harlekin bloß sein, barmherziger Himmel? fragte sie sich. Sosehr sie sich auch den Kopf zerbrach, sie kam nicht darauf. Während der Nacht hockte das Geheimnis zusammengerollt wie eine dicke schwarze Katze in ihr. Als sie am Sonnabendmorgen erwachte, löste es sich auf: dieser Pascal Joubert war der *Packesel*, der Gepäckaufseher des »Kleinen Jesus von Prag«, den sie vor gut zehn Jahren an einem Julitag bestiegen hatte, um nach Ville-Bonheur zu wallfahren. Dank Pascal war es für die Männer, Frauen und Kinder, die dichtgedrängt in dem Vehikel saßen, eine Vergnügungsfahrt gewesen. Sogar die Hühner, die Ziegen und die schwarzen Schweine, die in dem Wagen untergebracht waren, hatten eine lustige Reise gehabt. Pascal war die ganze Fahrt hindurch nicht müde geworden, sie mit seinen Späßen zu unterhalten, die Christen ebenso wie die Tiere. Er hatte Sor Cisa auf den ersten Blick gefallen. Zu der Zeit konnte ihre Figur einen Burschen wie diesen da noch bezaubern. Er begann um sie herumzuscharwenzeln. Von der ersten Nacht in Saut-d'Eau an, unter dem beschirmenden Blick von Notre-Dame-du-Carmel, hatten sie einen riesigen Korb voll herrlicher Zeit miteinander verlebt. Pascal hatte ihr erzählt, daß er in Carrefour eine Hütte besaß, und es fiel ihr nicht schwer, ihren damaligen Begleiter nach Ville-Bonheur ausfindig zu machen. Er war gerade aufgestanden. Er hatte sie nicht gleich wiedererkannt. Sie mußte seinem Schädel auf die Sprünge helfen: »Pascal«, hatte sie zu ihm gesagt, »erinnerst du dich nicht mehr an Saut-d'Eau, vor etwa zehn Jahren?«

Er stand mit nacktem Oberkörper da, in Unterhosen,

noch halb im Schlaf, Mund, Nase und Augen verquollen, und starrte sie argwöhnisch an, ohne daß ihm zu ihrer Figur der dazugehörige Name einfiel. – »Pascal«, drängte sie ihn, »weißt du denn nicht mehr, wie wir in der Nacht die Sonne scheinen ließen unter den schäumenden Wassern der Kaskade, nach den tüchtigen Purzelbäumen im Farnkraut? Am nächsten Tag haben wir uns spitzbübisch gefreut, als die Pilger erzählten, sie hätten in der Nacht Damballah Ouèdo gesehen, wie er gerade dabei war, den dicken Blumenhintern seiner Frau Aida zu versohlen!«

Da hatte sich Joubert mit einemmal an die Blumen-Cisa von ehedem erinnert. Er hatte sie in die Arme genommen, hochgeschwenkt und auf sein Bett geworfen. In der Wiedersehensfreude wollte er sofort an damals anknüpfen. Lehr mich einer die Pascal Jouberts kennen! Während er wie ein Pferd auf Sor Cisas Hüften ritt und an ihren Knöpfen zerrte, sagte sie zu ihm: »Lieber Pascalito, hör mit dem Unsinn auf, ich bin in einer sehr ernsten Angelegenheit hier: In Tête-Bœuf ist Senator Henri Postel mein Nachbar. Seinetwegen muß ich mit dir sprechen.«

Auf der Stelle zog sich der ungestüme *Packesel* in sein entflammtes Schneckengehäuse zurück, mit Rute und allem, stammelte ein paar Entschuldigungen und sagte sichtlich bewegt: »Du kennst ihn also? Das ist ein Mann von Format. Du mußt wissen, daß ich bereit bin, alles zu tun, damit er als erster die Spitze des Kletterbaumes erreicht.«

Bei diesen Worten warf sich Sor Cisa ihm an den Hals. Diesmal entbrannte Pascal Joubert an der erfahrenen Tollheit ihrer Hände in seinen Unterhosen. Als sie fertig waren, erzählte er ihr, was ihm widerfahren war. Sie ließ ihn gewähren, ohne ihm zu sagen, daß sie das alles schon wußte. Pascal berichtete ihr auch, was sich vor der Zeremonie im Palast ereignet hatte, so daß sich Ti-Labs Bericht und seine Geschichte ergänzten.

Es war noch nicht sieben Uhr abends gewesen, als ihn Soldaten in Carrefour abholten. Auch er hatte geglaubt, er würde nie wieder die Füße in seine Hütte setzen. Zuerst wurde er zum Sitz des SAFES gebracht. Er mußte ein paar Minuten warten und wurde dann in ein Büro geführt, wo ihn Barbotog persönlich empfing. Der SAFES-Chef fing sofort an, ihm Honig um den Bart zu schmieren. Er bot ihm eine Zigarre an, eine Tasse Kaffee und ein Getränk, das Pascal wie der Millionärsonkel des Zuckerfusels vorkam. Barbotog erklärte ihm unumwunden, daß er Pascal für denjenigen hielt, der über die besten Voraussetzungen verfügte, den Wettbewerb zu gewinnen. Deshalb müsse er aufhören, seine Kräfte mit Mätzchen zu verzetteln, statt sich auf den Kletterbaum zu konzentrieren. Seine Pflicht als guter Staatsbürger sei es, mit der SAFES-Macht zusammenzuarbeiten. Seine Mätzchen, mit denen er die Leute belustigte, gehörten in einen Wanderzirkus. Wenn er sich großen, großen Ärger ersparen wolle, dürfe es für ihn nichts Dringlicheres geben, als gleich am Sonnabendnachmittag zu Ehren des 22. Oktober die Spitze des Kletterbaumes zu erreichen. Wenn er seinem freundschaftlichen Rat folgte, würden die Trophäen des Wettbewerbs Ziegenkötel sein verglichen mit den materiellen Vorteilen, die er ihm verschaffen würde. Pascal würde auf der Stelle seinem elenden Gepäckrückerdasein auf dem Dach eines alten Klapperkastens adieu sagen können, um in seinem eigenen Sportwagen dahinzurollen, in Begleitung der letzten Karnevalskönigin oder irgendeiner anderen Schönheit nach seinem Geschmack. Gelder der ZAAMCO würden ihm zur Verfügung stehen, um sich auf den Höhen von La Boule eine Villa zu bauen. Er würde ein Leben führen wie die Potentaten der Zacharianischen Revolution. Später würde es dann ein leichtes für ihn sein, die Leitung eines Kasinos, eines Luxushotels oder der Nationallotterie zu übernehmen; oder wenn er kulturhistorische Neigungen hätte, könnte Barbotog ihn sogar zum Dekan der Ethnologischen Fakultät ernennen oder ihm einen Posten als Kulturattaché bei einer Botschaft verschaffen.

Danach ließ Barbotog Pascal schwören, nie ein Sterbenswörtchen von dem verlauten zu lassen, was er ihm anvertrauen wolle. Barbotog verriet ihm, daß sich im Palast um Präsident Zacharias zwei Lager gebildet hätten. Zu dem einen gehörten neben ihm, Barbotog, Dr. Parfait Merdoie, die wichtigsten Minister, der Präfekt Mesmin Crafkir, der ganze Überseehandel mit Habib Moutamad an der Spitze und auch 98 % der Parlamentarier. Das andere wurde von Ange Zacharias angeführt und umfaßte in buntem Kunterbunt ihren Mann Oberst

Boipiraud, eine Handvoll verärgerter Senatoren, den ehrgeizigen Monsignore Wolgondé, den *bokor* Siméon Sieben-Tage-Finsternis, den Präsidenten des Kassationsgerichts, die gegenwärtigen Direktoren des Staatlichen Tabakmonopols und der Nationallotterie sowie die beiden intrigantesten Offiziere des Oberkommandos der Landstreitkräfte, Oberst Dainmond und Major Cabron.

Barbotog verriet Pascal auch, daß der kalte Krieg, den sich die beiden Cliquen seit Jahren lieferten, anläßlich der neuen Affäre Postel offen zum Ausbruch gekommen sei. Sobald bekanntgeworden war, daß der Noah aus Tête-Bœuf an dem Wettklettern teilnehmen würde, seien seine Gegner zum Angriff übergegangen. Sie machten das SAFES für die Herausforderung verantwortlich, die der Ex-Senator dem Regime entgegenzuschleudern wagte. Jeder wisse, daß Postel längst bei seinen Anhängern und seiner Familie unter der Erde läge, wenn Präsident Zacharias nicht dagegen gewesen wäre. Dieser habe es sich in seiner Schrulligkeit in den Kopf gesetzt, ihm einen Tod nach Maß zu verpassen.

Der SAFES-Minister klärte Pascal über die allerneuste Entwicklung auf. Ange Zacharias sei gleich nach der Rückkehr vom Wettkampf hinter verschlossenen Türen mit Siméon, Boipiraud, Monsignore Wolgondé, Oberst Dainmond, Senator Cizard, Major Cabron, Oberst Charles Oscar und zwei, drei anderen Komparsen zusammengekommen. Sie hätten Sorge getragen, daß er, Barbotog, nicht mit von der Partie war. Aber dank der Wanzen, die er bereits vor längerer Zeit in den Wänden des Palastes hatte anbringen lassen, habe er die Worte der Verschwörer im gleichen Augenblick gehört, da sie ausgesprochen wurden. Barbotog drückte auf den Knopf eines Magnettongeräts und ließ Pascal mithören.

Als das Band abgelaufen war, sagte er zu Joubert: »Hast du sie gehört, he? Was sagst du Waldneger dazu? Was hältst du von unserer Schwarzen Macht? Wird da nicht vor meiner Nase ein Staatsstreich vorbereitet? Ange Zacharias will meinen Kopf. Sie hat mir nie verziehen, daß ich ihren Hintern, der dreimal fetter als erlaubt ist, verabscheue, wenn sie ihn durch die Gänge des Palastes schwenkt und sich dreist als Lolita der Tropen aufspielt!«

Barbotog war wutentbrannt aufgesprungen. Er hatte angefangen zu trampeln, mit blutunterlaufenen Augen, vorgestrecktem Hals, klappernden Zähnen. »Diesmal«, hatte er gebrüllt, »wird das Blutbad in der Familie stattfinden. Der Aderlaß wird zu Hause geschehen. Der türkisblaue Salon wird vom Blut der Großen Hure rot gefärbt sein! Ich werde ihnen Stöcke in den Weg werfen, die noch zehnmal größer sind als ihr scheusäliges Totem auf dem Platz. Ich will auf Anges Grab die Namen all der Neger, Mulatten und Weißen in Neonschrift leuchten sehen, die ihre Männerfalle verschlungen hat, bevor es ihrem Vater und mir gelungen ist, sie mit goldenen Nägeln an den schlappen Ständer eines Ehegatten zu fesseln. Die Öffentlichkeit soll erfahren, daß die Oberstin Boipiraud-Zacharias in der Nähe von Madrid eine Absteige besitzt, wo sie dreimal im Jahr ebenso schamlose Pärchen wie sie und ihr Edgar zusammenholt, um wahre Voudousabbats an scharf gewürzten Ausschweifungen zu veranstalten.

Hahaha! Lieber Pascalito«, schrie Barbotog, »mir kommt da eine Idee, die hundertmal genialer ist als die, die ihr komischer Sieben-Tage-Finsternis bei der Zusammenkunft vorhin gehabt hat. Um deinen Sieg am Kletterbaum zu feiern, sollst du auf dem nackten Bauch von Ange Zacharias den *banda* tanzen. Ach, bei Gott und allen Teufeln, aufs allerschönste vögeln sollst du sie. Sie hatte von ihrem Vater eine große safesophallische Rede auf dem Platz verlangt. Ich habe diesen Skandal verhindern können. Soll sie ihre Rede jetzt zwischen die Schenkel bekommen, von General Pascal von Phallus, dem Stier, den du in der Hose hast! Was meinst du dazu?«

Der Wutausbruch des Ministers verebbte. Er krümmte sich unter den Tränen eines bald kindlichen, bald wilden Lachens, wobei er andeutete, was Pascal mit der Zacharias in den Minuten vor ihrem Tod anstellen sollte. Als Barbotog sich wieder beruhigt hatte, sagte er zu Pascal: »Trinken wir auf deinen Sieg am Kletterbaum des SAFES! Trinken wir auf deine vaginociden Hüftschwünge von Samstag, dem 22. Oktober. Trinken wir auf den Skandal von Anges klitorisrotem hahnenkammrotem Salon! Trinken wir auf die neue Welle der Elektrifizierung der safeso-zacharianischen Seelen ...«

Kurze Zeit später nahm Barbotog Pascal in seiner Limousine mit. Er brachte ihn auf dem kürzesten Weg in den blauen Salon. Dort entdeckte Pascal auch Nildevert, Gros Roro des Bois, Ti-Lab und die anderen Wettkampfteilnehmer. Als sie Barbotog erblickten, erhoben sie sich ehrerbietig. Der Minister bedeutete ihnen, sitzen zu bleiben, und zog sich zurück. Pascal nahm auf einem Kanapee neben seinen Mitstreitern Platz. Da saßen sie in ihren Arbeitslumpen und starrten stumpf und abwesend auf den Teppich. Was Pascal dann noch berichtete, entsprach dem, was auch Ti-Lab miterlebt hatte, bis er ohnmächtig geworden war. Aber dank der vertraulichen Mitteilungen des Ministers hatte Pascal die Gesamtsituation besser begreifen können als der Matrose.

Er gestand Sor Cisa, daß er anfangs Lust gehabt hatte, zu tun, was Barbotog von ihm verlangte. Er war sicher, den Wettkampf am Kletterbaum gleich am Sonnabendnachmittag gewinnen zu können, wenn er seine ganze Kraft einsetzte. Dies war die einzige Möglichkeit für ihn, sein Leben als Arbeitstier gegen das eines anerkannten Christenmenschen einzutauschen. Er sah sich schon wie Barbotog in einem vollklimatisierten Büro sitzen, eine kleine Bar in Reichweite, das ganze Jahr über weiß gekleidet, die Augen hinter einer dunklen Brille geschützt, über Hunderte von Zombis gebietend. Er war der ehrenwerte Dr. Pascal Joubert, Direktor der Nationallotterie oder Geschäftsführer des Luxushotels *Anacaona* oder vielleicht auch der Herr Dekan der Ethnologischen Fakultät!

Er sah sich schon in einem weißen Mercedes-Sport mit aufklappbarem Verdeck zu einer Villa in La Boule fahren, begleitet von einem Schwarm junger Frauen, die bereit waren, mit ihm Spiele zu treiben. Er sah sich die hundert Schritte zum Warteraum auf dem Flugplatz Maïs-Gâté gehen, zehn Minuten vor seinem Abflug in ferne Länder, einen Scheck über fünfundzwanzigtausend Dollar in der Tasche. Er ließ sich von den exotischen Träumen gefangennehmen, die Barbotog in seinem Packeselkopf entfacht hatte.

Plötzlich jedoch, während er Siméons Machenschaften zerstreut zusah, schoß ihm etwas anderes in den Sinn. Vor fünf Jahren hatte das »Vertrauen auf den Heiligen Geist«

genannte Vehikel, Pascals damalige Arbeitsstelle, mehrere Monate stillgestanden. Sein Besitzer wußte nicht, wie er ein paar benötigte Ersatzteile bezahlen sollte. Von früh bis spät klapperte Pascal die Straßen ab, ohne einen armseligen Centime in der Tasche. Es ging ihm höllisch schlecht. Mit den Händen hielt er seine zerrissenen Hosen zu. Um nicht zu krepieren, mußte er sich in die lange Schlange der arbeitslosen Zombis einreihen, die schon vor Tagesanbruch an der Tür der Zacharian American Co., der ZAAMCO, warteten, der Frischblutbank in der Rue des Fronts-Forts.

Hundsgemeine Wochen hindurch, während sein Chef den Lastwagen reparierte, hatte Pascal einem Angestellten Barbotogs jeden zweiten Tag seine Venen hingehalten. Bald war es der rechte, bald der linke Arm, der ihn für drei Dollar je Liter Blut am Leben hielt. Er erinnerte sich, wie er die Neger beneidet hatte, die schon einmal Tetanus gehabt hatten. Das brachte ihnen bei jeder Transfusion fünf Dollar je Liter ein. In zwei Monaten hatte er sich dreißig Liter abzapfen lassen. Die Leute auf der Straße erkannten ihn nicht mehr. Er war nur noch der Schatten des lachenden, munteren, kräftigen Mannes, der er gewesen war, seit er mit fünfzehn die Berge seiner Kindheit gegen die Betondünste von Port-au-Roi eingetauscht hatte.

Um sein Unglück vollzumachen, hatte er eines Morgens, als er sich wie gewöhnlich in der Rue des Fronts-Forts einfand, vor verschlossenen Türen gestanden. Soldaten in Felduniform waren aufmarschiert und forderten alle, die nach Erklärungen verlangten, zum Weitergehen auf. Pascal hatte sich wütend geärgert, weil er gerade an diesem Morgen dringlicher als je zuvor auf die drei Dollar angewiesen war. Anstatt sich davonzuscheren, wie ihm ein Polizist befahl, hatte er lauthals protestiert. Darauf waren mehrere Soldaten auf ihn zugekommen.

»Ach so!« hatte der roheste unter ihnen gebrüllt, »der Herr will um jeden Preis sein Blut verscheuern! Der Herr hat also so viel davon in seinem stinkenden Körper, daß er nicht weiß wohin damit! Wir können solche Transfusionen auch vornehmen, nicht wahr, Doc Dédé?« Der so Angesprochene war eine Schlange in Uniform, zwei Meter hoch und einen Meter breit. Doc Dédé hatte sich auf Pascal gestürzt und ihm mit dem Gummiknüppel die Stirn aufgeschlagen. Von dem frischen Blut angestachelt, schlugen auch die anderen zu, auf den Kopf und wo sie gerade hintrafen. Plötzlich zog Doc Dédé ein Stück Bindfaden aus der Tasche, hob einen dicken Nagel von der Straße auf und spielte seinen Kumpanen eine Blutentnahme vor. Er stach Pascal an mehreren Stellen in den Arm, vom Bizeps bis zum Handgelenk.

Durchlöcherter als ein Sieb war Pascal schließlich weggerannt.

Am nächsten Tag hatten sich die Wunden entzündet. Einen Fingerbreit vor dem Tod war er mit Tetanus ins Krankenhaus gekommen. Nach seiner Gesundung hatte ein Neger aus Carrefour, der sich auf seine Kosten lustig machte, zu ihm gesagt: »Na, du Glückspilz, jetzt hast du deinen Tetanus gehabt und kannst fünf Dollar für den Liter einstreichen!« Und er, der keiner Ameise etwas zuleide tun konnte, hatte dem Mann ins Gesicht gespuckt, so sehr hatten die Beleidigungen in der Rue des Fronts-Forts etwas in seinem Herzen für immer zerstört. Außerdem hatte er während seines Krankenhausaufenthaltes durch einen Bettnachbarn erfahren, warum Barbotog-Moutamads Blutbank über vierzehn Tage für die Rindviecher der Stadt geschlossen gewesen war: in der Zeit war das SAFES damit beschäftigt gewesen, den Anhängern und der Familie des Ex-Senators Henri Postel das Blut abzuzapfen. Das Massaker hatte der Bank eine ganze Schwemme frischen Blutes aller erdenklichen Gruppen zugeführt. An Stelle der fünfzigtausend Liter, die die ZAAMCO monatlich ins Ausland verkaufte, war der Export von Menschenblut in dem Monat auf die Rekordhöhe von hunderttausend Litern gestiegen. Dieses Überangebot hatte an der Internationalen Blutbörse eine Panik ausgelöst. Die Zentrale hatte ihre Filiale in Port-au-Roi deshalb sofort angewiesen, für zwei, drei Wochen zu schließen, bis das Gleichgewicht auf dem Blutmarkt wiederhergestellt sein würde. Und nun wollte ihn der Generaldirektor der ZAAMCO ausgerechnet mit dem Geld seiner Bank ködern?

Mitten in der Zeremonie war Pascal Joubert das alles wieder bewußt geworden: der Morgen, an dem er fünfzehn verdammte Gourdes für Antibiotika gebraucht hatte; die Knüppel, die ihm den Schädel und drei Vorderzähne eingeschlagen hatten; die schwarzbebrillte Riesenschlange, die mit seinen Armen auf der Straße Sanitäter spielte; der rostige Nagel, den man ihm ins Fleisch gebohrt hatte; das Gelächter dieser Hurensöhne und der ganze endlose Dreck dieses Lebens im Großen Zacharianischen Reich.

Da hatte eine Wut in ihm zu kochen begonnen, die noch blauer war als ihr verfluchter Hexensalon: Wenn du machst, was Barbotog von dir verlangt, hatte er sich gesagt, bist du schlimmer als das ekelhafteste Tier auf Erden. Sind Barbotog und Ange Zacharias nicht ein und dieselbe Scheiße? Wenn sich die Negerfresser jetzt gegenseitig zerfleischen, so ist das doch ihre Drecksangelegenheit! Was hast du unter diesen Blutsaugern eigentlich zu suchen?

Mit diesem heißen Wind im Kopf hatte sich in ihm mehr Schaum angehäuft als auf der Reede von Jacmel bei schlechtem Wetter. Und er hatte wieder den Leuten zugesehen, die Siméon mit seinen *bakasserien* in Atem hielt.

Barbotog, du Schwein, sagte sich Pascal, du irrst dich gewaltig, wenn du meinst, ich werde dir helfen, Ange die Macht unterm Arsch wegzuziehen! Meister Tog-Tog, setz dich darauf! Als Beschwörungszeichen deutete er mit dem ausgestreckten Mittelfinger der rechten Hand, Zeigefinger und Ringfinger gekrümmt, auf den Minister und wiederholte wütend mehrmals diese Gebärde: setz dich endlich darauf, verdammt!

Was dich angeht, dachte er und wandte den Blick auf Ange Zacharias, wenn Port-au-Roi mit den Gliedern von Raubtieren gepflastert wäre, würdest du mit dem Hintern darüber wegrutschen!

Pascal wußte nicht, wohin ihn der Sturm, der in ihm tobte, noch geführt hätte, wenn in dem Augenblick nicht ein Zwischenfall aller Aufmerksamkeit auf sich gelenkt hätte. Einer der freundlichen Nachtochsen, der Matrose Ti-Lab, war in Ohnmacht gefallen. Siméon hatte sein makabres Tun unterbrochen und sich um den jungen Mann gekümmert. Nachdem er ihn ein bißchen beklopft hatte, war er jedoch wieder an seine Arbeit gegangen, wobei er sagte: »Es ist nichts Ernstes. Dieser Neuling war nicht darauf vorbereitet, in seinem Seemannskopf einen der mächtigsten Erd-*loas*, den Fürsten Ti-Jean Sandor, zu empfangen.«

Nach diesen Worten schnürte er einen großen Sack aus Agavenfaser auf, der bisher abseits gestanden hatte. Pascal sah, wie er den Sack öffnete und den Hahn herausholte, den Ti-Lab später, als er wieder zu sich gekommen war, fressen gesehen hatte. Der *bokor* sagte zu den Anwesenden: »Bestimmt haben Sie in dem Papa-Hahn hier den ehrenwerten Mesmin Crafkir, den Präfekten von Port-au-Roi, erkannt!«

Einen Augenblick lang herrschte Bestürzung im Raum. Alle hatten gesehen, wie Crafkir den Präsidenten getragen hatte. Keiner konnte sich vorstellen, wann Siméon ihn in einen Kampfhahn verwandelt und in den Sack gestopft hatte. Tatsächlich aber war der richtige Crafkir nicht mehr da. Siméon, den das Entsetzen, das ihn umgab, kalt ließ, fügte hinzu: »Dieser würdige Hahn wird nach sieben Maiskörnern aufhören zu picken, um noch vor den anderen Hähnen der Stadt zu krähen. Sein Gesang wird dem Großen Zacharianischen Reich verkünden, daß Henri Postels Beerdigung am Sonntag um vier Uhr nachmittags stattfindet!«

Siméon löste die Fesseln um Crafkirs Füße. Sobald der Hahn frei war, ließ er einen verdutzten, menschlichen, unruhigen Blick über die Anwesenden schweifen. Er drehte den Kopf nach rechts, nach links, als suchte er jemanden. Da entdeckte er den auf dem Teppich ausgestreuten Mais und stürzte sich darauf. Nach zahlreichen Schnabelhieben hob er den Kopf, musterte erneut die Leute und fraß noch gieriger weiter. Wie alle anderen auch vernahm Pascal das Geräusch, das jedes einzelne Maiskorn in Crafkirs Schlund machte. Siméon aber erklärte kaltblütig: »Dieser politische Hahn hat die Eigenheit, daß er nicht wie wir zählt. Sein Zählsystem ist umgekehrt, fängt bei tausend oder hundert an und geht bis eins. Es besteht also kein Grund zur Sorge: bei sieben wird er Henri Postels Abreise ohne Wiederkehr herauskrähen!«

Der *baka* beugte sich über den Hahn und bewegte die Lippen, als zählte er leise mit. Nach einiger Zeit reckte sich der Hahn wieder in die Höhe und musterte verwundert den Salon. Dann hüpfte er auf Doc Phalbus. Er glitt aus, hielt sich aber mit einem Flügelschlag im Gleichgewicht. Als er endlich bequem saß, den Schnabel leicht geöffnet, witterte er den Geruch des herannahenden Tages, der mit der Luft von draußen hereinkam. Er plusterte sich auf, und plötzlich krähte er. »Ich habe es Ihnen ja gesagt«, rief Siméon, »genau bei der Zahl sieben hat Crafkir den Totengesang für Henri Postel angestimmt! Singen Sie mit, meine Freunde!« befahl Siméon fröhlich.

Ange Zacharias mit ihrer hohen Stimme folgte der Aufforderung als erste: »Kikeriki-i-i!«

Der Hahn flatterte aufgeschreckt in die andere Ecke des Salons. Pascal sah, wie der Journalist Daumac hinter ihm herstürzte. Er bändigte Papa-Crafkir und brachte ihn zu dem *bokor* zurück. Tonton Sieben-Tage nahm Daumac den Hahn ab. Er hielt ihn bei den Füßen und schwenkte ihn mit dem Kopf nach unten in alle vier Himmelsrichtungen. Dann blies er ihm *mavongou* über den Kamm und die Sporen. Er küßte ihn zärtlich und sagte mit lauter Stimme: »Danke, würdiger Diener des Präsidenten Zookrat Zacharias, im Namen des Kletterbaumes und der Stiergalle, im Namen von Ti-Jean Sandor und der ganzen Bruderschaft der *Vlanbindingues*, danke, guter Papa der Christen im Großen Zacharianischen Reich!«

Pascal Joubert fiel es auf, daß Clovis Barbotog nicht mit den übrigen gekräht hatte. Als die Anwesenden in das allgemeine Kikeriki ausbrachen, hatte er nur mit Mühe eine Geste des Zorns und der Verachtung unterdrückt. Pascal sah, wie Siméon dem Präsidenten etwas zuflüsterte. Dieser wiederum beugte sich zu seinem Schwiegersohn hinüber. Oberst Boipiraud ging hinaus und holte die Soldaten, die den Kletterbaum in den Palast gebracht hatten. Siméon sagte zu ihnen: »Tragen Sie Seine Exzellenz vorsichtig bis zum Gittertor des Palastes. Der Kletterbaum möchte der Kathedrale einen Besuch abstatten, um seinen neuen Titel als Großer Elektrifizierer der Seelen zu feiern. Deshalb soll für ihn ein *Te Deum* zelebriert werden. Monsignore Wolgondé ist bereit, ihm diesen Wunsch zu erfüllen. Nicht wahr, lieber Herr Kollege?« Der Erzbischof von Port-au-Roi nickte zustimmend. »Nach dem *Te Deum*«, fuhr Siméon fort, »wird sich der Obergeistliche auf den Märkten stärken, bevor er wieder seinen Kampfposten auf dem Platz bezieht. Nach der Prozedur von heute nacht hat er einen hungrigen Magen.«

»Es lebe der *poteau-mitan* der Elektrifizierung der Seelen!«

Nach diesen Hochrufen, die alle Anwesenden in den anbrechenden Morgen blökten, zogen sich der Präsident und seine Sippschaft im Sog der Soldaten, die sein hölzernes Double wegschafften, eilig zurück.

Ein Offizier trat auf Pascal und seine Mitstreiter zu. Er übergab jedem einen Umschlag, der siebenundfünfzig Dollar und dreizehn Cent enthielt, und befahl ihnen, über das Erlebte zu schweigen. »Was die Augen sehen, braucht der Mund nicht zu wiederholen. Wer das von euch vergessen sollte, kann sich schon darauf freuen, Henri Postel auf seiner letzten Reise zu begleiten!«

Auf der Straße trennte sich Pascal von den anderen Kletterern. Nildevert war noch geblieben, um sich um Ti-Lab zu kümmern. Pascals erster Gedanke war der gewesen, sofort nach Tête-Bœuf zu gehen und Henri Postel alles zu erzählen, was er erlebt hatte. Aber dann überlegte er es sich anders, weil er dachte, daß ihm sicherlich ein Spion folgte. Er entschloß sich, nach Carrefour zurückzukehren und den Ex-Senator am Vormittag aufzusuchen.

Das war in großen Zügen der zweite Bericht, den Sor Cisafleur ihren Nachbarn gab. Am Schluß fügte sie hinzu: »Paß gut auf, Senator-Papa. Pascal hat mich gebeten, dir zu sagen, du sollst alles tun, was in deinen Kräften steht, um gleich heute nachmittag die Spitze zu erreichen. Er will dir dabei helfen. Henri Postel schon heute nachmittag auf der Spitze des Kletterbaums! Das ist die Überraschung, die wir all diesen Söhnen der Großen Safeso-zacharianischen Scheiße bereiten. Sie werden auf ihrem Sonntagabendbankett keinen toten Postel haben! Was meinst du, Maître Horace?«

»Mir scheint das vernünftig. Man darf nicht bis morgen warten. Deine Aufgabe, Chef, ist es, sofort bis zur Spitze zu klettern. Es wird Zeit, daß wir aufbrechen.«

»Viel Glück, lieber Senator«, sagte Sor Cisa. Sie küßte Postel plötzlich auf den Mund. Ihre Augen standen voller Tränen.

»Also dann, gehen wir«, sagte Maître Horace. »Brissaricq fährt uns alle hin. Er wird schon warten. Ich werde Elisa Bescheid sagen.«

Das Auto, das Henri Postel zum Platz bringen sollte, war ein noch gut erhaltener schwarzer Mercedes. Es hielt in einer Seitengasse von Tête-Bœuf. Der Ex-Senator und Maître Horace begaben sich dorthin. Postel half dem Schuster, den Sack mit der Asche zu tragen. Als sie herankamen, machte der junge Mann hinter dem Lenkrad die rechte Tür auf.

»Steigen Sie ein«, sagte er freundlich.

»Nach dir, Chef.«

»Danke«, sagte Postel.

Der Schuster machte sie miteinander bekannt: Henri Postel, Jean-Jaques Brissaricq.

Sie gaben sich die Hand.

»Sehr erfreut, Sie kennenzulernen«, sagte Brissaricq.

»Ganz meinerseits. Wie geht es Ihnen?«

»Gar nicht so übel. Und Ihnen?«

»Ich bin gut in Form für das, was ich vorhabe. Horace hat mir von seinem Gespräch mit Ihnen erzählt. Dank dafür, daß Sie den Noah aus Tête-Bœuf nicht ausgelacht haben.«

»Warum sollte ich über Ihr Vorhaben lachen? Nie im Leben würde ich das tun«, sagte Brissaricq. »Es führen mehrere Wege zu dem Ziel, das wir verfolgen.«

»Ich bin in der glücklichen Lage«, sagte Postel, »die Wegstrecke zu überschauen, die ihr durchmessen müßt. Es liegt bei den jungen Leuten, das Land wieder hochzubringen.« Postel gab Brissaricq einen freundschaftlichen Klaps auf die Schulter.

»Also fahren wir«, sagte der junge Mann mit vor Bewegung rauher Stimme.

»Einen Augenblick, Kamerad«, sagte Horace. »Wir müssen noch auf unsere Freundinnen warten. Da sind sie ja schon.«

Die beiden Frauen erschienen in der sonst menschenleeren Gasse. Maître Horace überließ Elisa seinen Platz neben Postel und setzte sich zu Sor Cisa in den Fond.

Brissaricq fuhr langsam bis zur Avenue Dessalines, wo er das Tempo beschleunigte. Postel nahm Elisas Hand. Sie schwiegen beide.

Das Port-au-Roi dieses Sonnabendnachmittags zog wie die Dekoration einer Kolonialoper an ihren Augen vorbei. Je weiter sie kamen, desto mehr nahm der Strom derer zu, die sich zur Place des Héros begaben. Aus allen

Richtungen fluteten die Menschen herbei, so daß man glauben konnte, Cour Bréa, Cour des Fourmis, Trou-Cochon, Fort-Saint-Clair, Bolosse und all die anderen »Wunderhöfe« und Elendsecken der Unterstadt müßten gänzlich entvölkert sein.

Im Vorbeifahren haschte Postel gierig nach den Bildern, die die Stadt bot. Vor der gespenstischen Anhäufung der ärmlichen Holzhäuser zog das kunterbunte Getümmel dieses Festtages vorbei. Von der Rue Pavée an fuhr Brissaricq langsamer, um keinen Unfall zu verursachen. Die Fahrbahn wimmelte von Fußgängern. Frisch angeklebte Plakate zogen die Blicke auf sich. Auf dem einen stand: »Nur das SAFES konnte die Elektrizität am Staudamm von Véligre und in den Seelen der Bürger entfachen, um den Staat des Präsidenten Zacharias zu erhellen.« Ein anderes verkündete mit schreienden Lettern: »Ange Zacharias ist die wachsame Hüterin der Schwarzen Gemeinde des Safeso-Zacharismus.« Ein paar hundert Meter weiter an einer Mauer Ecke Rue Monseigneur-Guilloux schien ein weiteres Plakat das vorherige zu ergänzen: »Seit vierundzwanzig Stunden ist *die ständige Erektion des phallokratischen Staates zum Befehl erhoben*!«

In Höhe der Rue Lamarre, dem letzten Engpaß vor dem Platz, kamen sie kaum mehr voran. Ein Strudel von Köpfen, Armen und Beinen wälzte sich in den sengendheißen Schacht des Nachmittags. Arbeiter, Handwerker, Händler, Dienstboten, Angestellte, Arbeitslose ... Ihre buntscheckigen Sonntagskleider waren bereits verschwitzt und zerknittert. Ihre Gesichter sahen überanstrengt, abgezehrt aus, mit jenem Puder geschminkt, den die Not in den bedrückendsten Stunden der zacharianischen Herrschaft den Menschen auflegt, die seit jeher an Unterernährung leiden. Auf zweirädrigen Karren, die von Familienvätern gezogen wurden, hockten zwischen schlaftrunken blickenden kleinen Mädchen gereizte Hunde, tollwütige, vor Haß aufgeblähte Katzen neben Papageien mit spottfunkelnden Augen.

Über diese Flut von Menschen und Tieren erhoben sich hier und da wie phantastische Periskope Gaffer, die auf Stelzen gestiegen waren. Verkäufer von »Erfrischungen«, von Eis, billigen Zigaretten, leicht säuerlichen oder stark süßen Bonbons, die vorwiegend aus Kokosnuß, Mais,

Pistazien, Ingwer bestanden und in Melasse oder Kandiszucker gekocht waren, plagten sich wie toll, um ihre Gefährte und Körbe durch das lebende Magma zu schieben.

Kaum noch menschenähnliche Wesen, die nur aus Haut und Knochen bestanden, in Lumpen gekleidet, mit nackten, geschwollenen Füßen, bloßen Hintern, hielten der drückenden Sonne ihre Stümpfe, Buckel und Wunden entgegen, ihre zahnlosen Münder, ihre fransig behaarten Nasenlöcher und Ohren, ihre triefenden Augen, ihre Brüche, Mißbildungen und Narben. Eines dieser wandelnden Skelette machte höchst selbstverständlich seinen Hosenschlitz auf und pißte an einen Baum. Eine Frau zögerte nicht lange, sich hinzuhocken und es ihm gleichzutun, unter den Augen eines Papageis, der rief: »Laß mal deinen dicken Arsch sehen.« Die Besitzerin des Vogels versetzte ihm einen Klaps, der ihn zum Schweigen brachte.

Die Insassen des alten Mercedes bekamen dies alles und noch manch andere Bilder ihres verzweiflungsvollen Port-au-Roi zu Gesicht. Sie sprachen kein Wort, während das Auto wie ein Leichenwagen in einem riesigen Trauerzug dahinfuhr. Jeder war allein mit seinen Wahrnehmungen, die wie Schnitte eines Rasiermessers in den Leib schmerzten.

Kurz vor dem Platz bog Brissaricq nach links ab. Dort herrschte ein wesentlich geringerer Andrang, so daß er wieder beschleunigen konnte. Sie kamen am Kino Varamount vorbei, das für den Film *Kaltblütig getötet* warb und sein nächstes Programm ankündigte: *Gespräch der Karmeliter* und *Django schießt als erster.* Brissaricq fuhr rechts heran und parkte das Auto unmittelbar vor der Rue Magny.

Von seinen Freunden umringt, bahnte sich Postel einen Weg durch die Menge. Sofort wurde er erkannt. Die Leute riefen »Es lebe Postel! Es lebe Postel!« und machten ihm voller Bewunderung Platz. Er drückte lächelnd die Hände, die sich ihm entgegenstreckten. Mehrmals hob er wie ein Boxer, der in den Ring steigt, die verschränkten Fäuste hoch, um auf die Bravorufe der Menge zu antworten. Jemand schrie aus Leibeskräften: »Postel auf die Mastspitze!«

»Ja-a-a!« tönte es tausendfach zurück.

Diese Begeisterungsschreie verbitterten die auf der Tribüne Versammelten, die durch die Tatsache, daß sich Postel erst zehn Minuten nach dem Großen Elektrifizierer eingefunden hatte, ohnehin entrüstet waren. Wie schon am Tage zuvor, hatte der Staatschef Barbotog zu seiner Rechten. Aber links von ihm saß an Stelle seiner Gemahlin seine Lieblingstochter Ange, in einem Kleid von Chris Bior, mit viereckigem Dekolleté und Ärmeln bis zum Ellbogen. Auf dem Kopf trug sie eine weiße Haube aus sehr feinem Stroh, deren biegsame Flügel mit frischen Rosen besteckt waren. Ange wurde von den Obersten Boipiraud und Dainmond eingerahmt. Monsignore Wolgondé und Siméon Sieben-Tage-Finsternis waren in die zweite Reihe verbannt worden; die Erste Dame der Republik saß zwischen ihrer Rivalin, Madame de Saint-Totor, und ihrer Tochter Charlotte in der Uniform des Chefs der safesistischen Milizen.

Zookrat trug die khakifarbene Uniform der Armee, dazu auf dem Kopf einen nagelneuen Stetson in Luxusausführung. Zwischen den Beinen hielt er ein MI-Gewehr. Barbotog stellte sich in der Felduniform der Safesisten zur Schau, mit einer ebenfalls gesprenkelten Leinenmütze, deren Schirm er lässig hochgebogen hatte.

Am Tisch der Jury zu Füßen des Kletterbaumes war Parfait Merdoie mit einem Drillichanzug der Sturmtruppen herausstaffiert, auf dem Kopf trug er einen Borsalino.

Bevor Postel durch das Spalier der Soldaten schritt, die den Wettkampfplatz umstanden, verabschiedete er sich, noch immer in das brandende Leben der Menge getaucht, von seinen Freunden. Er sah Elisa zärtlich an und wehrte sich gegen das Verlangen, sie zu küssen. Er drückte die Hände der jungen Frau und flüsterte ihr zu: »Ich liebe dich, Zaza.«

»Ich dich auch, Henri. Komm ruhmvoll zurück!«

Postel ging zu der Bank, wo seine Mitkämpfer schon versammelt waren. Ti-Lab und Pascal Joubert rückten zur Seite, damit er sich zwischen sie setzen konnte, während Photographen und Kameramänner mit ihren Geräten hantierten. Immer wieder ertönte Beifall für Postel, bis es Dr. Merdoie über wurde und er dem Chef des Palastorchesters bedeutete, die *Zacharianische Hymne* anzustimmen. Die Place des Héros versteinerte.

Als die Hymne verklungen war, nahm Espingel Nildevert als erster den Kampf am Mast auf. Er hatte weder die Tasche noch den Aufputz des Baron-Samedi bei sich. Er trug eine Hose und ein ausgeblichenes Hemd. In den letzten vierundzwanzig Stunden hatte sich sein ganzes ungeschliffenes Aussehen noch verschärft. Die Backenknochen standen noch stärker hervor, der Schnurrbart schien noch dichter und der bläuliche Mund darunter noch winziger geworden zu sein. Mit seinem schwerfälligen Gang, seinen Plattfüßen, seinen Knickbeinen, den gallefarbenen Augen, der verblüfften Miene, den weichen Flimmerhärchen in Nase und Ohren, den schlenkernden Armen wirkte er wie ein Bär oder Dachs.

»Nun seht euch das bloß an«, sagte Sor Cisa. »Da ist ja nicht mehr viel von der Oberschlange der Friedhöfe übriggeblieben. Er muß mit dem Kopf gegen etwas gestoßen sein, was härter war als er.« Elisa unterdrückte ihre Lachlust und hörte zu, was Brissaricq gerade zu Maître Horace sagte.

»Der wütende Baron von gestern sieht ganz schön ramponiert aus, nicht wahr?«

»Ja, Nilderage ist die Luft ausgegangen«, sagte der Schuster.

Als Nildevert den Kletterbaum erreicht hatte, bekreuzigte er sich dreimal, machte einen Kniefall und ging zum Angriff über. Sein Stil war ebenso plump wie seine Gliedmaßen. Er umwand den Holzschaft mit dem ganzen Körper, als wäre er ein dickes Tau. Dann begann er zu klettern, und zwar mit einer seltsam gekoppelten Abfolge der Zehen und Finger. Dabei atmete er so stark, daß die Mikrofone auf dem Tisch der Jury sein Keuchen bis in die entferntesten Ecken des Platzes übertrugen. Nach drei qualvollen Minuten saß er etwa einen Meter unterhalb der Stelle vom Vortag fest und klammerte sich mit steifen Armen und Beinen an den Stamm.

Bald blickte er unschlüssig nach oben, bald in die Leere unter sich. Rötlicher Speichel lief ihm über die Lippen, und sein Gesicht sah aus wie eine auf dem Rücken des Mastes anschwellende Beule. Aus der Menge rief jemand: »Worauf wartest du denn noch?«

»Psst! Pssst!« machten andere.

Die Zeit verrann, und Nildevert hing wie festgezurrt an derselben Stelle.

»Du schaffst es nicht weiter«, rief ihm Merdoie zu. »Komm wieder runter, Espingel!«

Der Mann hörte nicht auf ihn. Er blieb wie ein Kabel um den glitschigen Stamm geringelt.

»Nun mach endlich! Das ist ein Befehl! Komm runter, du geiler Blutegel!« brüllte der stellvertretende SAFES-Minister.

»Der Baum wird ihn noch roh auffressen!« sagte ein Zuschauer. Lachsalven begleiteten diese Worte.

»Nein, eher verschlingt er den Kletterbaum«, warf ein anderer Zuschauer ein. Die Leute brüllten vor Vergnügen.

»Komm sofort runter, der Baum gehört dem SAFES! Was, du weigerst dich? Na, das wollen wir ja mal sehen!« Parfait Merdoie hatte seinen fünfundvierziger Colt auf den Mann angelegt. Als Nildevert die Waffe sah, stieß er einen Schrei aus und rutschte schwerfällig herunter.

Unter den Witzeleien des Publikums schwankte Espingel mit eingezogenem Kopf und krummen Beinen auf seinen Platz zurück, denselben fassungslosen Ausdruck im Gesicht wie am Vortag nach den Verwandlungen des Baron-Samedi.

»Nieder mit dem entzauberten Zauberer!« rief ein Mann.

»Nieder mit Nildevache!« warf Sor Cisa näselnd dazwischen.

Alle lachten und machten sich lauthals über den durchgefallenen Baron lustig. Merdoie konnte sich kaum Gehör verschaffen.

»Ich disqualifiziere hiermit den Kletterer Espingel Nildevert wegen Nichtbefolgung der Regeln dieser Safeso-Zacharianischen Spiele. Meine Herren Teilnehmer, wir sind nicht zum Spaß hier, also weiter!«

»Der nächste Kämpfer!« fuhr Merdoie fort. »Wer wagt's? Na, Pascal Joubert. Du siehst doch heute nachmittag ganz unternehmungslustig aus. Versuch dein Glück am Zahnrad der Geschichte!«

An Stelle von Pascal Joubert, der sich taub stellte, trat Ti-Lab an. Der Benjamin unter den Teilnehmern trug die beigefarbene Hose und das weinrote, ölverschmierte Turnhemd eines Autoschlossers. Seine Schüchternheit hatte er verloren.

Er ließ sich Zeit, mit ernstem Gesicht puderte er sich

Hände, Füße und Arme mit Asche ein. Dann griff er an. Er kletterte leicht, nicht so angriffslustig wie am Tage zuvor, heute war er ganz wohlüberlegte, katzengleiche Geschmeidigkeit. Gleich sein erster Versuch brachte ihn über die von Postel erreichte Höhe. Er kam wieder herunter und begann nach kurzer Pause von neuem. Unter dem begeisterten Beifall der Menge verbesserte er sich um mehrere Zentimeter.

»Bravo, Ti-Lab! Wie ein Matrose im Sturm!«

»Ein schwarzer Papierdrachen!«

»Nach Ti-Lab werde ich wohl klettern müssen«, flüsterte Pascal Joubert dem neben ihm sitzenden Postel zu. »Dann bist du dran, Chef ... Bilden wir drei ein Team, einverstanden?«

»Einverstanden, Bruder«, sagte Henri Postel.

Bei seinem dritten Versuch schien Ti-Lab genügend Reserven zu haben, um noch höher zu kommen. Drei, vier Meter nur trennten ihn von der Spitze des Kletterbaums. Es war totenstill. Diejenigen, die auf Ti-Lab gesetzt hatten, bissen sich mit trockener Kehle und geweiteten Augen auf die Lippen.

In dem Augenblick wurde den meisten Zuschauern klar, daß der Wettbewerb aller Wahrscheinlichkeit nach noch an diesem Tag zu Ende gehen würde. Seit 1946 war kein Wettkampf am Klettermast mehr an nur zwei Nachmittagen entschieden worden.

Als Ti-Lab wieder unten war, unternahm er keinen vierten Versuch. Während er unter dem Beifall der Menge auf seinen Platz zurückging, stürzte sich Pascal Joubert auf den Baum. Seine Taschen waren mit Aschebeuteln vollgestopft.

»Der ist also wieder zu sich gekommen!« meinte Merdoie zufrieden.

Wie schon am Tage zuvor gab Pascal mit lachenden Augen zuerst ein paar drollige Einlagen zum besten. Nachdem er Arme, Hände und Füße mit Asche eingepudert hatte, band er sich ein scharlachrotes Stück Stoff ab, das er um den Hals trug. Damit ahmte er vor dem Mast einen Torero in der Stierkampfarena nach. Aus einer der ersten Reihen wurde ihm jedoch zugerufen: »Schluß mit der Corrida, Pascal! Laß sehen, was du kannst!« Er ließ sich das nicht zweimal sagen. Er hörte auf zu spielen. Arme und Beine gestreckt, wie ein Bogen gespannt, stemmte er sich mit aller Kraft gegen den Mast. Er lief an dem Stamm hoch, ohne zu stocken, mit der Anmut eines Seiltänzers. Auf Anhieb übertraf er die Höhe, die Ti-Lab im zweiten Versuch erreicht hatte. Hals über Kopf war er wieder unten und begann nach einer Verschnaufpause von neuem.

Bei diesem Aufstieg verband er verschiedene Techniken miteinander. Er legte genau bedachte Pausen ein. Dabei umklammerte er den Baum kraftvoll mit den Beinen und streute so viel Asche wie nur möglich auf die Kletterstrecke. Bei seinem letzten Halt, weniger als einen Meter unterhalb der Spitze, stäubte er den Inhalt von drei Beuteln auf den noch unberührten Teil des Kletterbaums.

Die Leute sperrten Mund und Nase auf. Pascals Behendigkeit, Gewandtheit und Kraft imponierten, schlugen wie eine Bombe ein. Auf der Tribüne murmelte der verblüffte Barbotog zufrieden und zuversichtlich: »Nur zu, mein Akrobat. Wenn du das SAFES an die Spitze bringst, mache ich aus dir einen der bartlosen Riesenkaimane dieses Landes!«

Postel konzentrierte sich unterdessen auf seine Aufgabe: Du wirst das Ziel im ersten Anlauf erreichen. Ti-Lab und Pascal haben für dich vorgearbeitet. Alles, was dir seit drei Tagen geschieht, ist gut. Also sofort hoch zur Spitze! Er war so zuversichtlich und entschlossen, wie es ein Mann im Feuer seines Tuns nur sein konnte.

Als Pascal den letzten Aschebeutel geleert hatte, sah ihn die Menge schon auf der Spitze des Kletterbaums, so gering war die Strecke, die noch vor ihm lag. Deshalb ertönte auch ein Schrei der Bestürzung, als man ihn plötzlich herunterklettern sah. Viele glaubten, er würde nach einer neuerlichen Pause zum Endspurt ansetzen. Aber als Pascal wieder auf dem Boden stand, winkte er mit seiner falschen Muleta, um die Hochrufe zu erwidern, und tänzelte fröhlich zu seinem Platz zurück.

»Pascal«, schrie Dr. Merdoie aufgeregt, »was soll denn das? Leg dich noch mal ins Zeug! Nur noch einen Ruck! An die Arbeit! Kehr um, Joubert, das ist ein Befehl!«

Aber der tat, als hörte er nicht. Schon hatte sich Henri Postel erhoben und zu der Stelle begeben, wo seine Freunde standen. Wie ein Chirurg beim Betreten des

Operationssaals streckte er Maître Horace die Hände hin. Aber während Brissaricq dem Schuster behilflich war, den Aschesack aufzuhalten, war es Sor Cisa, die ihm mit Feuereifer Arme, Hände, Oberkörper und Hals einpuderte. Sie bestäubte auch überreichlich seine Schultern und seinen Bauch, nachdem sie ihm das Hemd hochgeschoben hatte. Sie flüsterte Postel zu: »Papa-Loko ist mit dir, Senator Henri. Er begleitet dich!«

Als Sor Cisa fertig war, kniete Elisa Valéry neben Postel nieder, zog ihm die ledernen Sandalen aus, krempelte seine Jeans bis zu den Knien hoch und bedeckte auch seine Beine und Füße mit Asche.

Die Zuschauer in den ersten Reihen und auf der Tribüne saßen wie gebannt und ließen sich nicht die geringste Kleinigkeit der Szene entgehen. Mehrere Leute wollten später gesehen haben, daß die junge Frau die Füße des Mannes geküßt habe, bevor sie wieder aufgestanden sei.

Keiner der vier Freunde Postels war imstande, auch nur einen Ton über die Lippen zu bringen, die wie die Lippen von Kindern zuckten, wenn sie weinen möchten. Sor Cisa standen die Augen voller Tränen. Auch Elisa, aber sie lächelte, mit einem unendlich zärtlichen Ausdruck im Gesicht. Für einen Augenblick ergriff Postel ihre Hände und ging dann stolz auf den glühenden Mittelpunkt seines Schicksals zu.

Wieder war es totenstill, als hätten die Menschen ihre Zungen verschluckt. Postel atmete mehrmals tief durch und nahm den Kampf auf. Zu Beginn wandte er den Stil der Palmenkletterer an: die Füße fest an den Stamm gepreßt und darauf bedacht, die Anstrengung auf die Beine, Arme und Schultern zu verteilen. So erreichte er die halbe Höhe. Es gelang ihm, seine Bewegungen mit ebensoviel Anmut und Geschicklichkeit auszuführen wie Pascal. Die Zuschauer waren starr vor Staunen.

»Mein Gott, was muß der für Eisenarme haben! Mir wird ja ganz anders zumute! Dieser Mann hat einen ganzen Schwarm *points chauds* im Blut!«

»Er geht hoch wie eine Feuerwerksrakete!« schrie ein kleiner Junge in der Menge.

In der Stille waren diese Ausbrüche bis zur Tribüne zu vernehmen.

Als Postel auf halber Höhe angelangt war, erwartete

man eigentlich, daß er wieder absteigen würde, um neue Kräfte zu sammeln. Zur allgemeinen Verblüffung legte er sich jedoch plötzlich mit einer katzenartigen Bewegung flach an den Stamm und preßte den ganzen Körper fest dagegen. Dieser Positionswechsel gelang ihm noch meisterhafter als Pascal Joubert. Eine Weile verschnaufte er. Dann zog er sich wie eine Kugel zusammen und streckte sich wieder, der Spitze des Kletterbaums entgegen.

»So ist es gut«, sagte Maître Horace zu den anderen, »sein Herz schlägt jetzt im Gleichklang mit seinen Bewegungen.«

»Er wächst wie ein Baum in die Höhe«, rief Sor Cisa begeistert.

»Wie eine Negerpalme!« ergänzte Brissaricq.

»Was für ein Mann! Was für ein Mann!« sagte Elisa leise.

Für gewöhnlich war am äußersten Ende des Kletterbaums, wenige Zentimeter vor dem Ziel, unter der Schmiere ein unvorhergesehenes Hindernis versteckt: Nägel, Sperberkrallen, Haifischzähne, Stacheldraht, Flaschenscherben, Aas von Nattern oder Ratten. Als Postel diese entscheidende Stelle erreicht hatte, begann er mit den Fingern den dicken Panzer der Schmiere abzutasten. Sofort stieg ihm ein unbeschreiblicher Gestank in die Nase und verpestete den Platz unter ihm.

»Noah hat sich in die Hosen gemacht!« schrie ein Polizist vom Ordnungsdienst.

Die Menge saß wie auf glühenden Kohlen. Die Leute hielten sich die Nase zu, mit vor Ekel verzerrten Gesichtern. Postel, der kaum zu atmen wagte und dem sich der Magen umdrehte, überwand seinen Brechreiz und begann an diesem abgeklemmten Bruch des Mastes zu schnuppern, damit jeder auf dem Platz sehen konnte, wo sich der Herd des Gestanks befand.

»Papa-Loko«, betete Sor Cisa mit lauter Stimme, »laß ihn so kurz vor dem Ziel nicht im Stich. Bleib an seiner Seite bis zum Ende seiner Prüfungen. Verleih seinem Mannesmut Flügel. Ich bitte dich, hilf ihm doch! Er hat nicht das Recht zu versagen. Tu es für Sor Cisa. So schwach ich auch bin, auf Knien will ich nach Ville-Bonheur rutschen! O du wohltätiger *loa,* du erfrischender Loko, du erlösender Baum, hilf ihm bis zum Schluß!«

»Amen«, sagten im Chor Elisa, Maître Horace und Brissaricq, die ihr zuhörten in der Leere, die sie in sich fühlten.

Henri Postel war noch immer an derselben Stelle, seine beschmierten Finger machten sich an der Pestfalle zu schaffen, die das SAFES am Ende seines Weges als wahrer Neger aufgestellt hatte.

»Kletter weiter, Noah, nicht aufhalten lassen!«

»Kletter weiter, Kacke beißt nicht!« riefen die Soldaten.

Doch blieben diese Pöbeleien in der über dem Platz liegenden Stille ohne Widerhall.

Plötzlich sah man, wie sich Henri zusammenduckte, um ein letztes Mal Schwung zu holen. Aber statt weiterzuklettern, stürzte er sich mit ausgestreckten Armen ins Leere. Im Fluge erhaschte er eine der eisernen Verstrebungen des Dreifußes, der den Kletterbaum krönte. Postel hing über der vor Erregung starren Menge. Er packte mit einer Löwenanstrengung zu, um zu verhindern, daß seine Hände von dem Metall abglitten.

»Eine Trage! Krankenschwester, schnell eine Trage!« brüllte Parfait Merdoie bereits.

Doch in diesem Augenblick gelang es Postel, dessen Handgelenke an der Grenze ihrer Kraft waren, mit zusammengezogenen Beinen einen Halt für die Füße zu finden und sich wie durch ein Wunder auf die Spitze des Kletterbaums zu schwingen.

Unverzüglich öffnete er den beigefarbenen Lederkoffer. Er holte eine Trophäe heraus, die er der vor Begeisterung rasenden Menge zeigte: es war der Schatz, von dem Barbotog gesprochen hatte. Der Lauf der Waffe glänzte in der Sonne ebenso wie der Kolben, dessen Holz dem Auge schmeichelte. Plötzlich krachte ein Feuerstoß. Alle sahen, wie Clovis Barbotog die Hände an den Leib preßte und Ange Zacharias in den Armen ihres Vaters zusammenbrach.

In diesem Augenblick war ein solcher Tumult auf dem Platz, daß nur wenige den Gewehrschuß vernahmen, den ein auf dem Tribünendach postierter Heckenschütze auf Postels Lachen abfeuerte.

Epilog

Henri Postels Tat und das darauffolgende Blutbad fanden in der ganzen Welt Beachtung. Für drei Tage hatte das Große Zacharianische Reich aufgehört, die Hälfte jener Insel zu sein, die am weitesten abseits von den auf dieser Erde geführten Kämpfen liegt. Danach fiel es in Schweigen und Finsternis zurück. Deshalb habe ich auch fast zwei Jahre dazu gebraucht, um die Einzelheiten des von Henri Postel durchlebten Dramas in die Form der Erzählung zu kleiden, die jetzt hier vorliegt.

Als ich im Exil damit begann, merkte ich sofort, daß es außerordentlich schwierig war, von dem Ex-Senator zu sprechen und mit Genauigkeit die Peripetien der Schlacht zu berichten, die er begann und gegen jene gewann, denen es eine Zeitlang gelungen war, aus ihm einen lebenden Leichnam zu machen.

Die Kommentare in Presse und Funk und auch die Schilderungen der wenigen Reisenden, die aus Port-au-Roi zurückkamen, ließen erstaunliche Aspekte und erregende Tatsachen aus den letzten Lebenstagen Postels in skandalöser Weise im Dunkeln. Ebensowenig wußte ich, was sich nach dem Schuß ereignet hatte, der den Kletterbaumsieger jenes Jahres zu Boden schmetterte.

So stand es um mein Vorhaben, als mich im Frühsommer 197..., auf der Durchreise in Paris, ein Freund mit der jungen N. C. bekannt machte, die für eine Wochenzeitschrift ihres Landes gerade über die Hanswurstiade der theatralischen Begräbnisfeierlichkeiten für Zookrat Zacharias berichtet hatte, der zwei Wochen zuvor einem Infarkt erlegen war.

Im Verlauf des Gesprächs erzählte mir N.C., daß die Person, die ihr am meisten dabei geholfen habe, sich eine Vorstellung von der Situation des Großen Zacharianischen Reiches nach dem Tode des »Großen Elektrifizierers der Seelen« zu machen, eine bezaubernde junge Frau namens Elisa Valéry gewesen sei. Im vorangegangenen Jahr habe sie bei den Vorgängen um Henri Postel eine wichtige Rolle gespielt.

N.C. hatte Elisa eines Abends in einem verlassenen Provinznest bei einem Arzt getroffen, der sich, da man ihm die Berufserlaubnis entzogen hatte, in den umliegenden Bergen Forschungen über die therapeutischen

Eigenschaften bestimmter Tropenpflanzen widmete.

Ich war über die Spur, die sich mir da völlig unvermutet auftat, dermaßen glücklich, daß mir N.C. anbot, sofort in das Land zurückzukehren und statt meiner die junge Frau zu befragen, die von denen, die Henri Postel bei seiner Tragödie nahegestanden hatten, als einzige überlebt hatte.

N.C. hatte ungeheure Schwierigkeiten, meine Landsmännin aufzuspüren. Elisa Valérys Antwort auf den Brief, den ich ihr geschrieben hatte, ließ mehrere Monate auf sich warten. Eines Morgens dann, als ich von einer anderen Arbeit gerade völlig in Anspruch genommen war, brachte mir der Briefträger ein umfangreiches Einschreibepäckchen aus Paris, in dem mir N. C. die Dokumente schickte, die sie heimlich von der Insel erhalten hatte.

Endlich lagen, greifbarer als ein in einer Flasche gefundenes Manuskript, die Anhaltspunkte und Werkzeuge auf meinem Tisch, die ich brauchte, um Henri Postels Geschichte in den fruchtbarsten Boden meiner Phantasie zu pflanzen.

Außer drei Heften voller Notizen, Eindrücken, Tatsachen über den Sieger von Tête-Bœuf und jeden einzelnen derer, die ihm bei seinem Unterfangen geholfen hatten, schrieb mir Elisa Valéry mit denselben Händen, die einst den Helden dieses Buches betört hatten, einen Brief, der ein Epilog und ein Beginn der Hoffnung in unserem Land in einem ist.

Irgendwo in den Tropen
23. Februar 1972

Mein lieber Dichter und Bruder!

Zuerst einmal vielen Dank für Deinen Brief vom vergangenen Jahr. Er hat abenteuerliche Wege gehen müssen, um mich zu erreichen. Wie sie Dir sicherlich berichtet hat, gelang es Deiner Freundin N.C. bei ihrer Rückkehr hierher nicht, mich wieder anzutreffen. Die Person, der sie Deine Botschaft und Deine Fragen anvertraute, hatte ebenfalls große Mühe, mich ausfindig zu machen.

Was ich Dir jetzt schicke, sind keine »starken und fröhlichen Flügel für den Start und ungehinderten Flug der Erzählung«, wie Du es Dir gewünscht hattest, sondern Notizen, die ich von dem Augenblick an, als mich Sor Cisa um meine »Dienste als Masseuse« für ihren wunderbaren Nachbarn in Tête-Bœuf bat, ungeordnet zu Papier brachte.

Meine Eindrücke von den Ereignissen, die Du nacherzählen willst, sind also lediglich blutige Fetzen meines eigenen Fleisches. Ich schicke sie Dir trotzdem so zukkend, wie sie sind, weil ich davon überzeugt bin, daß Du die nötige Reife besitzt, die Tatsachen aus meinen Gefühlen und meinen Schreien jenes Oktobertages herauszulösen. Zögere nicht, meine vielleicht zu subjektiven Urteile zu überprüfen, bevor Du sie gelassen einfügst in Dein Vorhaben, »genau zu berichten, was in den letzten Lebenstagen des Henri Postel geschehen ist«!

In Deinem Brief hast Du unter anderem den Wunsch geäußert, ich möchte von mir sprechen, meiner Vergangenheit und von der Frau, zu der ich geworden bin. Aber, lieber Poet, dazu kann ich wirklich nicht viel sagen. Was war ich schon vor jenem 21. Oktober, an dem alles begonnen hat? Ein Paar mehr oder weniger geschickte Hände, die sich von früh bis spät in einem Schönheitssalon abmühten ...

Vierundzwanzig Stunden nachdem ich Henri Postel kennengelernt und, ich wage zu sagen (um mit seinen Worten zu sprechen), *erlebt* hatte, war ich in einen Wirbel geraten, der aus mir »die am meisten gesuchte Person des

Großen Zacharianischen Reiches« machte. Aus der gedungenen Feder Daumacs konnte ich vergangenen Monat lesen, daß der »erneute Safeso-Zacharismus so lange nicht in Ruhe schlafen kann, als Henri Postels brauner Engel das legendäre Zaubergesicht der jungen Elisa Valéry trägt«.

Du wolltest auch wissen, was mit Postels Leichnam und mit seinen Landsleuten geschehen ist, die an seinem Abenteuer teilhatten. Obwohl hierüber eine ganze Menge in meinen Heften steht, will ich Dir die Tatsachen hier ein bißchen geordnet berichten. Ich muß mich beeilen, denn das Petroleum meiner Lampe geht zur Neige, und auch Papier gibt es nicht gerade reichlich in diesen neozacharianischem Gefilden.

Der vom Tribünendach auf Henri abgefeuerte Schuß hatte ihn nicht gleich getötet. Ebensowenig der Sturz von dem gerade bezwungenen Kletterbaum. Es war also kein Leichnam, den wir im Schutz des herrschenden Durcheinanders im Laufschritt zu dem Ecke Rue Magny parkenden Auto schleppten. Henri hatte eine Kugel im Hals, seine Beine waren gebrochen, er atmete jedoch noch in meinen Armen, als der Mercedes wie ein Meteor losschoß. Unser aller Sorge war die, sofort einen Arzt zu finden, zu dem wir Henri bringen konnten. Aber Postel hatte selber noch die Kraft, uns das auszureden: »Nicht nötig, Zaza, mit mir ist es aus. Tu, worum ich dich gebeten habe. Und bleibt alle in den Bergen, um ...«, er konnte nicht weitersprechen. Sein Herz hatte aufgehört zu schlagen. Wo sollten wir nun hin?

Nach kurzer Beratung entschieden wir uns für Jacmel, wo Postel herstammte. Außerdem hatte Maître Horace einen Cousin in der Gegend, einen Arzt, der sich, nach ernsten Zerwürfnissen mit Zacharias aus der Ärztekammer ausgeschlossen, in die Berge von Cap-Rouge, nicht weit von Jacmel, zurückgezogen hatte, wo er ein paar dürftige Felder mit Kaffee und Mais bestellte und gleichzeitig mit den Heilpflanzen des Landes experimentierte.

Wir waren wie Heringe in das Auto gepfercht. Neben Brissaricq, der fuhr, saßen Sor Cisa und Maître Horace, im Fond Pascal, Ti-Lab und ich. Der tote Henri lag auf unseren Beinen. Sein Kopf ruhte auf meinen Knien, unbeweglich wie eine phantastische Wachspuppe. Der

Tod hatte seine Gesichtszüge härter gemacht. Um den friedvollen Mund jedoch spielte noch immer der Anflug jenes Lachens, das ihn auf der Spitze des Kletterbaums geschüttelt hatte, als er in die ersten Reihen der Ehrentribüne schoß.

Die Fahrt nach Jacmel war alles andere als bequem. Wir brauchten über sieben Stunden für die achtzig Kilometer. Hinter Carrefour-Dufort konnte von einer Straße keine Rede mehr sein. Wir fuhren über endlose Feldwege, steinig und grasbewachsen, von Schlammlöchern durchzogen, nahezu unpassierbar, ausgewaschen und versumpft, bald in Schlängellinien zu den Sternen hochsteigend, bald wie eine Rutschbahn zu Furten abfallend, bei deren Überqueren wir mehr als einmal steckenblieben.

Auf halber Strecke stießen wir auf ein noch gefährlicheres Hindernis. Bei einem erzwungenen Halt auf einer Flußböschung tauchten plötzlich zwei mit Springfield-Karabinern bewaffnete ländliche Safesisten aus einem Gebüsch auf und pflanzten sich drohend vor unsere Scheinwerfer. Es war ein versteckter Kontrollposten. Sie befahlen uns auszusteigen, damit sie den Wagen durchsuchen konnten. Unsere jungen Männer bewiesen eine bewundernswerte Kaltblütigkeit. Brissaricq stieg als erster aus. Mit erhobenen Händen trat er an die beiden Häscher heran. Pascal und Ti-Lab taten es ihm gleich. In Sekundenschnelle waren unsere Gegner entwaffnet. Während Brissaricq den einen, den er am Kragen gepackt hatte, ohne Zögern erwürgte, erledigten Ti-Lab und Pascal den anderen nicht weniger geschickt. Die reißende Strömung besorgte den Rest. Die Gewehre und die beiden Colts 38 nahmen wir mit.

»Das Unternehmen Postel beginnt«, sagte Brissaricq trocken und gab wieder Gas.

Nach einer letzten seichten Stelle, die wir gegen Mitternacht passierten, näherten wir uns Jacmel. Zu unserer großen Überraschung schlief der Posten am Ortseingang. Wir fuhren durch zerfurchte, menschenleere Straßen, in denen kein Licht brannte, an zerfallenen Häusern vorbei. Die kleine Stadt schien in ihrem ersten ruhigen Schlummer nach einer Pest, einem Wirbelwind oder einer anderen Katastrophe zu liegen. Dann bogen wir nördlich von Jacmel in einen Weg ein, der durch weite Felder nach

Cap-Rouge hinaufführte, wo Dr. Olivier Vermont lebte. Du kannst seinen Namen ohne Bedenken nennen. Unser Freund hat kürzlich das Land verlassen können.

Dann lief alles so ab, wie es Henri gewollt hatte. Dr. Vermont erwies sich als Herr der Lage. Er leistete uns großzügig Beistand. In aller Eile rief er ein paar zuverlässige Bauern zusammen, mit denen wir im Garten, der das Haus umgab, die von Henri gewünschte Feier improvisierten, inmitten von Hibiscusblüten, Bougainvilleen, Amarant, Flieder und Oleander. Sor Cisa und ich richteten mit Hilfe anderer Frauen den Toten her. Wir wuschen ihn sanft mit einem Extrakt aus Orangen-, Anona- und Maniokblättern. Meine Cousine und die anderen Frauen wollten ihm Watte in Nasenlöcher und Ohren stopfen, ihm das Kinn hochbinden und seine großen Zehen zusammenknüpfen. Eine von ihnen sprach auch davon, ihm einen Machete in die Hand zu geben. Ich hatte einige Mühe, sie davon zu überzeugen, daß Henri Postel ein solches Totenzubehör nicht brauchte. Sie sollten ihn lieber als einen stummen Gast dieser letzten ihm zu Ehren veranstalteten Feier betrachten. Es sei auch nicht nötig, die Taschen von dem frischen Hemd und der sauberen Hose umzudrehen, die uns Dr. Vermont für ihn gab. Zwar erhoben sich von Zeit zu Zeit laute Klagen aus Frauenkehlen, aber statt die Verzweiflung angesichts des Todes in unsere Berge zu tragen, ließen sie in dieser Nacht eher an Geburtswehen denken.

»Wir feiern Noah-Postel«, rief auch Sor Cisa mehrmals.

Während Henri ausgestreckt auf einer Matte lag, haben wir gesungen, getanzt, seinen Aufbruch mit den zärtlichen Bewegungen unserer Körper *erlebt*, im Rhythmus der Trommeln, die auf das Schlagen unseres Blutes abgestimmt waren. Kurz bevor wir seine sterbliche Hülle dem Scheiterhaufen übergaben, der schon hell loderte, meinten Maître Horace, Brissaricq, Sor Cisa und die anderen, daß es mir zukomme, ihm ein Abschiedswort zu sagen.

»Du mußt sprechen«, sagte meine Cousine. »Du hast sein Leben und seinen Tod mit derselben Glut erlebt und getanzt, mit der ihn die Flammen jetzt für alle Zeit der Macht der Bäume dieses Landes einverleiben werden! Sprich, Zaza!«

Die Worte der Liebe blieben mir im Hals stecken. Ich

blickte in das Feuer, die Nacht war so herrlich über meinem siegreichen Fürsten, die Menschen, die ihn umstanden, noch herrlicher. Ich hörte die Hähne auf unseren Bäumen krähen, und ich sagte:

»Heißgeliebter Henri, es hat um deinen Leichnam keine düsteren Schreie der Verzweiflung gegeben. Du beschließt diese Etappe deines Lebens unter deinem Volk. Du wirst eine fröhliche Wiege all dessen sein, was unser Land an Gutem und Schönem hervorbringt. Dein Tod ist dem Beispiel deines ganzen Lebens gefolgt. Dein Tod wird das Licht bewahren, die Hoffnung und die Schönheit der Deinen, weil du es zu Lebzeiten verstanden hast, ihre Kämpfe und Träume zu rechtfertigen. Als der Mann Postel nach fünf Jahren Tête-Bœuf neu beginnen mußte, hast du es geschafft, von Null ausgehend, bis auf die Spitze des Kletterbaums zu gelangen, durch den edlen, reinen Willen deines Herzens ohne Makel. Dein Tod wird die Taten und Träume deines Volkes nähren, so wie dein Leben mein Leben fruchtbar gemacht hat ...«

Kurze Zeit später, als sich bereits der neue Tag über Cap-Rouge erhob, vermischte sich seine Asche mit den köstlichen Essenzen der Korallensträucher, der Mango-, Guaven-, Mandel- und Zitronenbäume unserer Berge.

Am gleichen Tag noch begann für unsere Gruppen ein Leben ständiger Gefahren. Wir trennten uns. Brissaricq, Ti-Lab und Pascal gelang es, rasch die Gegend zu verlassen und unbehindert nach Port-au-Roi zurückzukehren. Monatelang hörten wir nichts von ihnen. Eines Tages wurde dann bekannt, daß sie einer Denunziation zum Opfer gefallen waren. Tausend Safesisten hatten sie in dem Haus oben in Boutilliers, das ihnen als Operationsbasis diente, umzingelt. Über vierundzwanzig Stunden verteidigten sich die drei. Nichts ist von ihnen übriggeblieben, ebensowenig wie von dem Haus, sie sind mit Granatwerferschüssen ausgelöscht worden.

Etwa zur selben Zeit hatte meine Cousine Sor Cisa, die seit den Ereignissen vom vergangenen Oktober nicht wiederzuerkennen war, nur noch einen Gedanken im Sinn: ihr Versprechen gegenüber Papa-Loko zu halten. Ende Juni kehrte sie nach Port-au-Roi zurück, um von dort nach Ville-Bonheur zu wallfahren. Als sie zwischen den vielen anderen Pilgern auf den Knien rutschte, erkannte ein Polizist sie als »die Händlerin aus Tête-Bœuf, die Postel auf dem Platz eingepudert hatte«. Ihr war ein grausames Ende beschieden: man erschlug sie im SAFES-Gebäude mit einem Ochsenziemer, nachdem man zuvor ihr Geschlecht mit einem großen Kloben aus Mahagoniholz zerquetscht hatte. Dann wurden ihre schaurigen Überreste an der Stelle, wo sich einstmals Tête-Bœuf befunden hatte (Du wirst wissen, daß es wenige Tage nach Henris Triumph in Schutt und Asche gelegt wurde), auf einem kleinen Stuhl ähnlich dem, auf dem meine Cousine bei ihrer Arbeit gesessen hatte, festgebunden und zur Schau gestellt.

Maître Horace blieb noch eine Zeitlang bei mir, bald bei Dr. Vermont, bald bei zuverlässigen Freunden, die sein Cousin in der Gegend hatte. Alt und müde geworden, weil er nun keine Schuhe mehr zu besohlen hatte, sprach er fast überhaupt nicht mehr und las auch kaum noch ein Buch. Wenn er doch einmal den Mund aufmachte, so um zu sagen: »Ach Zaza, Liebste, wenn ich so jung wäre wie du! Laß dich nicht erwischen. Bleib hier in den Bergen. Du hast noch einen ganzen Postelschen Weg vor dir! Geh ihn, meine Kleine!« Er nahm mich wie ein Vater auf den Schoß, und die Augen standen ihm voller Tränen.

Eines Abends verschwand er aus unserem letzten gemeinsamen Zufluchtsort. Auch von ihm kam wochenlang keine Nachricht. Bis mir Dr. Vermont nach einem Besuch in der Hauptstadt erzählte, daß unser Horace von einem Nachbarn des befreundeten Schusters in Portail-Léogâne, der ihn aufgenommen hatte, denunziert und in Fort-Samedi von Ange Zacharias eigenhändig gefoltert worden war. Danach hatte man ihn noch lebend mit bleibeschwerten Taschen von einem Armeehubschrauber aus in den Golf von La Gonave geworfen.

Im übrigen wirst Du ja wohl von dem Blutbad gehört haben, in das Zacharias das Land nach der Niederlage stürzte, die Postel ihm bereitet hatte. Diesmal verschlang »der blutige safeso-zacharianische Oktober« auch einige der Seinen. Du weißt ja, daß Clovis Barbotog und Ange Zacharias, kaum daß sie von ihren nicht allzu ernsten Verletzungen genesen waren, ihren brudermörderischen Kampf wieder aufgenommen hatten. Du wirst es mir sicher erlassen, über die wechselhaften Ereignisse dieser Palastfarce zu berichten. Der Ausgang lohnt jedoch, erzählt zu werden.

Barbotog spürte, daß ihm der Parkettfußboden des SAFES immer heißer unter den Füßen brannte, und beschloß eines Abends, von der Bildfläche zu verschwinden. Die tollsten Gerüchte kamen hierüber in Umlauf. Zwei Monate später stand des Rätsels Lösung in der Regierungspresse. Am Tage vor seinem Verschwinden hatte Clovis Barbotog, als Nonne verkleidet, am hellichten Tag versucht, Präsident Zacharias, seine Tochter Ange und mehrere Minister zu ermorden. »Schwester Clovis« war ohne jede Schwierigkeit in den Palast und bis in den Salon gelangt, wo das neue Kabinett tagte. Dort hatte »Schwester Clovis« unter all ihren falschen Schleiern eine Maschinenpistole hervorgeholt und das Feuer auf die Kollegen eröffnet. Den Präsidenten und dessen Tochter, seine eigentlichen Ziele, verfehlte er jedoch. Dagegen hatte er den Handelsminister, seinen alten Freund Habib Moutamad, und zwei Staatssekretäre niedergeschossen. Es heißt, das Attentat sei auch an dem Infarkt schuld, der Zookrat Zacharias die Woche darauf das Ende seines unheilvollen Daseins bringen sollte.

Seither liegt die Macht offensichtlich in Ange Zacharias' Händen. Das SAFES trägt Miniröcke und Kleider von Chris Bior und macht nicht mehr so viel reden von seinen Heldentaten. Dennoch sind die Bedingungen, unter denen wir leben und kämpfen, äußerst schwierig geblieben. Ich ziehe meiner Geduld Diamantstiefel an. Wenn die Last der dahineilenden Tage allzu beschwerlich wird, schließe ich die Augen und spüre sofort die Lebenskraft von Henri, der meine Sicht der Dinge korrigiert, leichter macht, auffrischt. Ich wünsche Dir dieselbe Sonne bei der Arbeit, die auf Deine rechte Hand wartet, wenn Du die Geschichte vom letzten Kampf Henri Postels in die Welt trägst.

Es küßt Dich ebenfalls zärtlich
Zaza Valéry

Glossar

Erläuterungen zu Begriffen und Namen

abobo: Berschwörungsformel im Kult des *Voudou*

acassan: Falden aus Maniokmehl

Atobon-Legba: *Voudou*-Gottheit. Herr der Strassen und Wegkreuzungen, Beschützer der Eingangspforten

baka: böser Geist

banda: Tanz des Todes und der Begattung

Baron-Samedi: wörtlich: Baron Samstag. Im *Voudou* Gott des Todes und all der Kräfte, die sich gegen den Menschen wenden. Beinamen: Baron-Simetière (Baron Friedhof) und Baron-la-Croix (Baron des Kreuzes)

Batista, Fulgencio (1901 - 1973): von 1933 an Diktator auf Kuba, bis er im Dezember 1958 von der Revolution gestürzt wurde

bokor: Hexenmeister, Zauberer. Verkörpert die menschenfeindlichen Kräfte

Bolívar, Simon (1783 -1830): Führer in den Unabhängigkeitskämpfen Südamerikas gegen die spanische Kolonialherrschaft

Bon-Ange: wörtlich: guter Engel. Bezeichnung für Seele

Cochons-sans-poil: wörtlich: Schweine ohne Borsten. Bezeichnung eines Geheimbundes von Magiern, der *Zombies* vervorbringt

Dessalines, Jean-Jacques (1758 - 1806): einer der Anführer des Unabhängigkeitskampfes gegen die französische Kolonialherren auf Haiti. Kam als Sklave aus Guinea nach Haiti. Verkündete als Nachfolger von *Toussaint Louvertures* am 1.1.1804 die Unabhängigkeit des Landes und rief sich zum Kaiser Jacques I. aus. Von Machtrivalen ermordet

Duvalier, François (1907 -1971): haitianischer Diktator. Im Oktober 1957 kam er mit Hilfe der Armee an die Macht. Er begründete die berüchtigte Geheimpolizei Tonton-Macoutes, mit deren Unterstützung er als "Präsident auf Lebenszeit" auf Haiti eine Schreckensherrschaft ausübte. 1971 ernannte er seinen Sohn, den 1986 gestürzten Jean-Claude Duvalier, zum Nachfolger

Erzili: afrikanische "Venus", im *Voudou* Göttin der Schönheit und der Liebe

expédition: Beschwörungsritus in der Schwarzen Magie. Kann durch "contre-expédition" neutralisiert werden

Gourde: offizielle Landeswährung in Haiti

hougan: Priester im *Voudou*-Kult. Im Gegensatz zum *bokor* verkörpert er das Menschenfreundliche

houmfort: Kultstätte des *Voudou*

krimanga: Trank, der während des Beschwörungsritus' verabreicht wird (siehe auch *migan* und *mavangou)*

loa: Sammelbegriff für die im "*Voudou*-Pantheon" vereinigten Götter und Geister

Loko: Gottheit. Anführer des Gefolges von *Atibon-Legba*

loup-garou: wörtlich: Werwolf. Eine Art weiblicher Vampir, der verschiedene Tiergestalten annimmt

mambo: *Voudou*-Priesterin

mapou: Baumwollbaum (Ceiba pentendra L.). Im mittelamerikanisch-karibischen Raum sehr häufig. Im *Voudou*-Kult werden ihm wegen seiner riesigen Ausmasse magische Kräfte zugesprochen

Marinette Bois-Sec: wörtlich: Marinette Totes Holz. Eine der grausamen menschenfeindlichen Gottheiten des *Voudou*

mavangou und **migan:** rituelle Getränke (siehe auch *kimanga)*

Pérez Jiménez, Marcos: (geb. 1914): venezolanischer Diktator.

Pferd: Begriff im *Voudou*-Kult. Bezeichnet eine von einem *loa* besessene Person

point chaud: (wörtlich: heisser Punkt. Der "Punkt", an den eine Person während des Beschwörungsritus' gelangen kann, wenn sie magische Kraft erlagt

poteau-mitan: wörtlich: mittlerer Pfosten. Zentrum eines *houmfort,* einer Kultstätte des *Voudou*

Rada: im Rada-Ritus werden die menschenfreundlichen Gottheiten des *Voudou*-"Pantheons" verehrt. Rada-Trommeln finden bei den Beschwörungs-Zeremonien Verwendung

Somoza, Anastasio (1925 - 1980: nicaraguanischer Diktator. Wurde 1979 durch den Sieg der Sandinistischen Revolution gestürzt

Soulouque, Faustin (1782-1867): haitianischer Politiker. Nahm als ehemaliger Sklave am Unabhängigkeitskampf Haitis teil. Regierte 1849 bis 1959 als Kaiser Faustin I. und wurde dann durch einen Staatsstreich gestürzt

Toussaint Louverture (1743 - 1803): Anführer der bürgerlich-demokratischen Revolution der haitianischen Sklaven von 1791. War selber als Sklave auf Haiti geboren. Nach Aufhebung der Sklaverei Generalgouverneur von Haiti. 1802 auf Veranlassung Napoleons verhaftet und nach Frankreich verschleppt, wo er im Kerker starb

Trojillo, Héctor (1909 - 1961): Dominikanischer Diktator. Musste 1960 in der Folge eines Volksaufstandes zurücktreten

Vevé: symbolische Zeichnung für die magischen Eigenschaften eines oderer mehrerer *loa.* Wird mit Mehl oder Asche auf den Boden gezeichnet. Der Ursprung der Darstellungsart ist afrikanisch, der Stil europäisch

Vlanbindingues: Geheimgesellschaft menschenfeindlicher Magier

Voudou: haitianische Volksreligion. Synkretion aus afrikanischen Mythen und katholischen Legenden, wobei das afrikanische Element dominiert. Der Voudou spielte in den haitianischen Volkskämpfen (Sklaven-Aufstände, Kampf gegen die US-Besetzung der Insel 1915) immer wieder eine grosse Rolle. In der neueren Zeit, insbesondere unter den Duvaliers, wurde der Voudou auf raffinierte Weise missbraucht und zur Machterhaltung eingesetzt

wanga: *Voudou*-Fetisch. Gegenstand, der in der Beschwörung mit übernatürlichen Kräften versehen wird und dann als Waffe dient

zobop: Person, die sich des *Voudou* bedient, um andere Menschen zu töten oder sich dienstbar zu machen (siehe *Zombifizierung)*

Zombi: Toter, der von einem *Voudou*-Priester zum rein körperlichen Leben erweckt wird und als willenloses, fremdgesteuertes Wesen agiert. Lebendiger Leichnam, Arbeitssklave

Zombifizierung: siehe *zobop* und *Zombi*

1986 erschienen bei uns im rotpunktverlag **Gene, Frauen und Millionen,** *(über die neuen Gen- und Reproduktionstechnologien, 148 S., illustr., Fr. 15.-)* von Anita Fetz, Florianne Koechlin und Ruth Mascarin; **Armer kleiner Dichter, der ich war,** das Hauptwerk des salvadorianischen Dichter und Revolutionärs Roque Dalton *(Roman, 512 S., engl. Brosch., Fr. 38.-);* **Das Imperium Nestlé,** Struktur und Praktiken des grössten Nahrungsmittelmultis, von Pierre Harrison *(408 S., Grossformat, Fr. 38.-)* und Ueli Mäders fundierte Studie über den Tourismus **Vom Kolonialismus zum Tourismus - von der Freizeit zur Freiheit** *(216 S., illustr., Fr. 20.-).*

1987 werden erscheinen: Im Februar René Depestres **Der Schlaraffenbaum** *(ein Roman aus der Karibik, Vorwort Al Imfeld, 160 S., Fr. 18.80),* im Mai **Burkina Faso: Hoffnung für Afrika, Gespräch mit Thomas Sankara,** von Jean-Philippe Rapp und Jean Ziegler *(ca. 180 S., ca. Fr. 20.-);* im Juli **Danke für das Feuer (Gracias por el fuego),** vom Uruguayer Mario Benedetti *(Roman, ca. 240 S., ca. Fr. 26.-).* Ausserdem verlegen wir einen schönen Comic **(Leitplanken,** *über die Auto-Manie in der Schweiz, von Sambal Oelek, ca. 60 S., A4, ca. Fr.16.80, erscheint im April).*

Ausserdem möchten wir Ihnen empfehlen: **Muchachos,** Tagebuch der sandinistischen Revolution in Nicaragua, *(von Francis Pisani, 384 S., Fr. 24.80, illustr.);* **Operation Massaker,** argentinischer Tatsachenbericht nach Aussagen Erschossener, von Rodolfo Walsh, *(200 S., Fr. 17.80);* **Mannundfrauspielen,** Bericht von einer die auszog, um das Frausein zu lernen, *(von Vilma Hinn, 312 S., Fr. 22.80);* **Bitterer Zucker,** Sklaven heute in der Karibik, speziell über die Dominikanische Republik und Haiti, *(von Maurice Lemoine, dokumentarischer Roman, 308 S., Fr. 24.80);* **Die Linke in den Wechseljahren,** Gedanken im Theorievakuum, *(von Sambal Oelek, 184 S., Fr. 19.80)* und John Ya-Ottos **Namibia,** *(autobiographischer Bericht, 200 S., illustr., Fr. 17.80).*

Sie erhalten diese Bücher bei: *rotpunktverlag, Postfach 397, 8026 Zürich, Tel. 01/241 84 34,* oder in Ihrer Buchhandlung. Fordern Sie auch unser *Gesamtprogramm* an.

fracción mágica 11

René Depestre · Der Schlaraffenbaum · rotpunktverlag